COLOQUIO DE LAS QUILTRAS

Lina Meruane nació en 1970, es decir, es perra de metal en el horóscopo chino. Ha escrito los relatos reunidos en *Las Infantas* y *Avidez*, y cinco novelas: *Póstuma*, *Cercada*, *Fruta podrida*, *Sangre en el ojo* y *Sistema nervioso*. Entre sus libros de no ficción se cuentan dos ensayos del cuerpo, *Viajes virales* y *Zona ciega*, dos ensayos personales y políticos, *Señales de nosotros* y *Palestina en pedazos* (versión ampliada de su anterior *Volverse Palestina*), el ensayo lírico *Palestina por ejemplo*, y la diatriba *Contra los hijos*. A ellos se suma *Ensayo General*, libro que reúne textos ensayísticos más breves. Meruane ha incursionado en la dramaturgia con una adaptación teatral, *Un lugar donde caerse muerta* (estrenada en inglés, en Nueva York, en 2013), y la obra *Esa cosa animal* (estrenada en Barcelona en 2022). Le han otorgado los premios Iberoamericano de Letras José Donoso (Chile 2023), Blue Metropolis (Canadá 2023), Cálamo (España 2016), Sor Juana Inés de la Cruz (México 2012), Anna Seghers (Alemania 2011) y becas de escritura de la Fundación Guggenheim (USA 2004), la NEA (USA 2010), la DAAD (Alemania 2017), y Casa Cien Años de Soledad (México 2021).

LINA MERUANE

COLOQUIO DE LAS QUILTRAS

Argumentos
caninos ante
las crisis
del feminismo

EN DEBATE

Papel certificado por el Forest Stewardship Council®

Primera edición: enero de 2024

Printed in Spain – Impreso en España

ISBN: 978-84-19951-09-0
Depósito legal: B-17.817-2023

Compuesto en La Nueva Edimac, S. L.
Impreso en Artes Gráficas Huertas (Fuenlabrada, Madrid)

C 9 5 1 0 9 0

A Rosario Ferré, escritora puertorriqueña,
a Luna Miguel, escritora española,
ambas autoras de sendos coloquios «de las perras».

Aullido aclaratorio. En este ensayo-ficción los personajes reciben el nombre de personas reales sin que las palabras de los primeros necesariamente reproduzcan las ideas de las segundas: ni la quiltra Lina expresa siempre el pensamiento o las experiencias de la autora ni existió el diálogo o las situaciones que siguen. Solo ciertos incidentes rastreables en las redes, las obras literarias aludidas y lo citado entre comillas, refiere a lo dicho o escrito por las personas señaladas.

¿Qué luciremos,
esta noche,
piel o pelaje?

MARÍA AUXILIADORA
BALLADARES

Empezó con la perra vida,
continuó con el perreo.
Los humanos imitándonos.
Siempre quisieron ser como nosotros.
Aprendimos a ser otra cosa que humana.

GABRIELA JÁUREGUI

Yo nací para ser perra,
pero no quiero llevar bozal.
Nadie puede prohibirme ladrar.

RIGOBERTA BANDINI

En las empedradas escalinatas de la Biblioteca Miguel de Cervantes se toparon, una mañana estridente de sol, dos perras errabundas con un libro cada una entre los colmillos; los dejaron caer en cuanto se vieron.

¿Qué haces aquí, perra suelta?, ladró Luna. *¿No estabas en Chile?*

Estaba, en efecto, ladró Lina de vuelta, *fui a la marcha caninista más concurrida de nuestra historia. No sabes cómo estaban las avenidas, calles y callejuelas... Atiborradas de toda clase de canes, de terriers a sabuesas a galgas a lebreles, perdigueras a labradoras, ovejeras a chihuahuas. Perras sin prole o con cachorros colgándoles de las tetas como a la Loba Luperca. No faltó ninguna, ni la perra coja ni la más faldera.*

Luna agitó el rabo, lo golpeó contra su lomo. *¡Quién nos viera y quién nos ve, Lina! ¡Cómo nos hemos multiplicado! Éramos tan pocas cuando nos conocimos, yo recién em-*

pezaba a abrir los ojos e iba todavía a grupa de mi madre, ¿te acuerdas?

Eso fue en Alcalá de Henares, ¿no?, replicó Lina.

Y Luna chispeó. *¡En la ciudad de Cervantes que es también la mía! Mi madre y tú ya habían devenido perras, perras libertas sin collar ni correa ni menos amo… perras aventurándose por las adoquinadas y conservadoras calles de mi ciudad. No faltaba quien se burlara de nosotras*, se lamentó Luna y Lina resopló.

Asentando sobre la piedra sus posaderas, más sustanciosas que las de Luna, Lina se encogió de labios para mostrar sus sucios colmillos y proferir un *eran años difíciles, recibíamos tanto palo en cada manifestación. Nos miraban en menos, repudiaban el caninismo o lo veían innecesario… Yo a mucha honra fui una quiltra temprana y sigo estando comprometida con la causa. Hay tanto que hacer todavía.*

Luna gimoteó oyendo a Lina remontarse a los tiempos en que se asumió como perra callejera y más, como quiltra sudaca, los tiempos en que fue acorralada y hecha prisionera en la perrera municipal de Santiago. *Qué tiempos temibles*, jadeó Luna.

Ese lugar tenía su sarna y su tiña, asintió Lina despacito, *pero en su precaria biblioteca de fotocopias aprendí a leer, a leer críticamente quiero decir: me encontré con lecturas sorprendentes en los anaqueles, copias anilladas de los ensayos de feministas fundadoras, la monja de la Cruz, la Wollstonecraft... que seguro has oído mencionar desde cachorra, pero yo, entonces, no sabía quiénes eran. Y revolviendo un poco encontré feministas cerebrales, como la Beauvoir, y feroces, la Kirkwood, la Rich, la Lorde, la Davis, y tantas otras... Estaban arrumbadas ahí, dobladas, arrugadas, humedecidas, llenándose de hongos. Ni los censores de la dictadura ni los perreros sabían que tenían ahí esos libros explosivos. Fue leyéndolas que abrí los ojos. Y leerlas me empujó a escribir, cosa que en la perrera no era tan arduo porque me sobraban las horas y no necesitaba preocuparme de dónde saldría la carne de cada día, o más bien esa comida seca y dura, esas galletitas insípidas que nos tiraban.*

Tu versión del cuarto propio y las quinientas galletitas..., chasqueó Luna.

Mi convento sorjuanesco en versión degradada, propuso Lina y encogió las patas observando que Luna agitaba la cola entorchada y procedía a sacar su larga lengua lasciva, llena de argollas, y a asear con ella, muy prolija, la tapa del libro dejado antes sobre el suelo.

Lina comprendió que Luna había venido a devolver un libro, y que el libro era el legendario ensayo feminista de la Woolf, autora, entre tantas obras espléndidas, de la única novela que Lina detestaba: la biografía de la cocker spaniel de una escritora victoriana tan inglesa como Woolf. Era la novela de una sumisa perrita de pedigrí, de pelo rizado y escarmenado a imagen y semejanza de su dueña, Barrett-Browning. Flush era la compañera perfecta, en clase, en apariencia, en domesticidad, de su ama. Un doble burgués como lo fue Pinka, la perrita de Woolf. Cuánta proyección personal había en la novela, no podía saberlo; de lo que sí estaba convencida era de que *Flush* era una proyección sentimental de la época. Y acaso por eso le faltaba la garra que encontraba en otros escritos woolfianos.

¿Qué te pareció El cuarto propio, *mi Luna?*, preguntó Lina, que había leído, releído y relamido ese ensayo, que incluso le había mordisqueado las esquinas.

Un escándalo, gruñó Luna.

Escándalo, gruñó Lina como en eco.

Lo que dice aquí esta loba es un escándalo y un ahogo, ladró Luna deslenguándose. *Ese paseo que la Woolf se da por la Biblioteca Británica buscando libros escritos* por *mujeres y no solo* sobre *mujeres, casi sin encontrarlos… Y para su sorpresa, y para la mía, mi Lina, la loba descubre entre los cientos de volúmenes escritos por intelectuales de su época que «la mujer era el más discutido entre los animales».*

¡*No recordaba eso!*, discurrió Lina frunciendo su ceño entrecano, *pero no me sorprende. La mujer clasificada como un animal a secas… como si lo animal fuera antónimo de lo humano.*

Como si lo animal fuera sinónimo de lo irracional, agregó Luna.

De lo patológico, aumentó Lina.

De lo monstruoso, remachó Luna.

De lo perjudicial, porque, dicho en pedante, y Lina carraspeó, *los sicoanalistas tratan lo animal como metáfora de lo más repugnante en la mujer.*

Exacto. La mujer pero no el hombre, que a lo largo de la historia se ha comportado como una bestia. A la mujer se la degradó de lo humano mucho antes de que nos hartára-

mos y reivindicáramos nuestra animalidad como humanimales que somos, si me permites otra pedantería, *mi Lina*, añadió Luna con retintín.

Sí, aulló Lina, *pero volvamos a Woolf que a diferencia de nosotras no se asumió ni perra ni loba por más que su nombre sugiriera ese rumbo. Ella era mujer de su tiempo, no pudo augurar nuestra perridad ni los problemas perrunos que enfrentamos. Ella estaba pensando en cómo las mujeres eran vistas por los hombres, en cómo ellos las representaban en sus escritos.*

Exacto, respondió Luna. *Y recordarás, mi Lina, que Woolf avanza por los lóbregos pasillos de la biblioteca, va siglo por siglo, repisa por repisa, volumen por volumen para confirmar su sospecha de que los personajes femeninos en los libros de sus contemporáneos carecen de singularidad y de subjetividad. Vislumbra entre las páginas que no hay ni afectos ni alianzas entre ellas: casi sin excepción las relaciones* entre *mujeres están trianguladas por un hombre por el que ellas compiten o se celan pero con quien nunca se complacen, un hombre del que no esperan ni amor ni fidelidad ni admiración ni apoyo sino que una suculenta tajada de tuétano, un hombre del que esperan algún privilegio que luego defenderán con uñas y dientes. Volviéndose contra las otras. Tratando a las otras con extraordinaria dureza. Exigiéndoles a las otras que sean mejores que ellas o que sufran lo que ellas han sufrido. Mujeres portándose peor que los hombres para legitimarse ante ellos… porque las mujeres eran criadas para encarnar los valores del patriarcado y ensañarse con quienes no seguían sus reglas. Aunque Woolf, y Luna sacudió el lomo, no llega a decir tanto. Eso último lo he observado yo en algunas perras rebeldes, incluso revolucionarias, pero acosadoras y autoritarias.*

Autoritaria, repitió Lina. Esa palabra vibraba en su vejiga, esa y la palabra *patriarcal*, que muchas asociaban con feminismos y caninismos por igual. Y se quedó observando cómo el ser salvaje de Luna emergía coloreado por su ira; sus sombrías pupilas se habían dilatado, y en su pelaje, antes tupido y terciopelo, ahora rapado, brillaban los tatuajes que la recorrían desde las patas hasta el hocico en punta, pintado de carmín. Era una magnífica perra ibérica, observó Lina, pero era quiltra, pero no, no lo era, no exactamente, porque a Luna, siendo española, le correspondía responder a chucha…

¡Chucha!, se estremeció la quiltra chilena. Eso en su lengua significaba otra cosa. Chucha en su tierra era el *coño* español. Pero así eran las lenguas, húmedas, escurridizas, y aunque había que cuidarse de no intoxicar a nadie con malas metáforas y malas palabras, cada cual debía ser llamada como quisiera. Chucha o quiltra, cuatropatas o como ella prefiera, se dijo Lina, porque en cualquier caso Luna calificaba de perra callejera. Por pulguienta y por pasada de rosca. Por deslenguada. Por exhibicionista, porque Luna había hecho públicas sus sucesivas desventuras amorosas y asimismo sus aventuras. Y porque, al compás de la condición caninista de cuestionarlo todo, Luna y otras perras errabundas habían levantado las patas contra la rigidez de un cierto caninismo que rechazaba incluso el olor a hembra y de un cierto feminismo que impugnaba todo comportamiento catalogado de *femenino*.

Era en ese feminismo antifemenino que se había adiestrado Lina. En un feminismo y un caninismo que se resistía a la sexualización de unos cuerpos para el disfrute de otros. Era por eso que se había opuesto al pelo soplado, las pestañas postizas y los labios rojos, a los escotes profundos, al ombligo desnudo, a la cola parada y a la silicona, y por supuesto al perreo, el porno y la perruna prostitución. Le sublevaba que Luna optara por una feminidad de transparencias y tacones y de contoneos carnales que hacían de las cachorras de su corral objeto de la obscena mirada de los canes, de sus olisqueadas impertinentes y la costumbre de montarlas sin pedir permiso.

Como si ir con el rabo alzado significara autorizarlos.

Como si el estar en celo implicara consentir.

Como si el consentimiento se resolviera en dos opciones igualmente pasivas: aceptar o rechazar lo que el perro deseara.

Como si ellas no tuvieran su propio deseo, su propia iniciativa y determinación.

Lina sintió una imperiosa necesidad de rascarse el anca, era como estar siendo atacada por una plaga parásita sabiendo que no tenía ni pulgas ni garrapatas ni ningún otro bicho advenedizo. No, no eran piojos sino dudas que la asediaban y que el encuentro con la chucha había desatado.

Quería saber ahora, con angustiosa urgencia, si Luna y las demás desenfadadas cachorras se declaraban en abierta rebeldía ante el caninismo recatado y acaso demasiado tolerable de las cánidas viejas.

Quería preguntarle, recurriendo a los textos, afirmándose en las letras ajenas, si conocía los escritos caninistas de la espléndida Sanz. Si había considerado alguna vez lo que la poeta de *Perra mentirosa* decía en sus ensayos. (Esa pensadora que, según ella misma, hubiera querido asumirse gata pero que era, en el fondo y en la forma, «una perrita faldera encantadora» que, «cuando se cabreaba, echaba la boca y mordía»). En sus ensayos la Sanz se afilaba los dientes con las cachorras ultrafemeninas. Dudaba de «un empoderamiento femenino basado en la belleza y en la superioridad sexual» y se preguntaba (porque también eso le desencadenaba signos de interrogación) si ese arrojarse al desnudo no era una «señal ambigua», un mensaje de doble filo. Si el audaz coqueteo de la femme fatale o de la caniche chic podía no ser otra cosa que una caída en las fauces del capitalismo más cruel: el perriarcal. Si no se estarían «cosificando» inadvertidamente, volviéndose «objetos de consumo» a la vez que consumiendo toda suerte de potingues y prestaciones plásticas del mercado.

Y quería remover otras piedras, Lina. ¿Caminaban tranquilas por las calles Luna y las despampanantes cachorras de su camada?

¿Lograban trabajar sin ser manoseadas por sus colegas o sus jefes? ¿Podían garantizar que no estaban corriendo *ningún* peligro? Eso quería lanzarle, pero no, eso sí que no lo podía ni sugerir: hubiera sido una torpeza y una tontería. Con la pata en el pecho, ¿qué perra podía estar a salvo si ni la más modesta de las hembras lo había estado nunca? No conocía cachorra sobre la tierra que no hubiera sido agredida en su sexo. Lina había sido acosada por colegas y arrinconada por uno que creía su amigo. Y la cautelosa madre de Luna: ultrajada dentro de su propio canil. «Muerta de un escopetazo como una perra», tituló, sarcástico, un periódico. El peligro era permanente y ubicuo, y el miedo constituía la educación sentimental y social de todas las hembras. Acaso por eso le costaba conciliar que algunas cachorras se estuvieran exponiendo voluntariamente a la vejación o a algo peor, una violación que pudiera justificarse, como se había justificado, como incluso se había defendido: como «efecto de una provocación». Las perras vueltas «víctimas propiciatorias» que «incitaban» a sus agresores.

Se creía enmudecida, la quiltra, pero estaba soltando esos reclamos en un aullido lastimero que hizo vibrar los vetustos ventanales superiores de la biblioteca. Alguien, allá arriba, los cerró de golpe y ese golpe sacó a Lina de su pasmo. Luna se irguió de la misma manera, de golpe, y ya le estaba contestando con gruñidos soterrados.

¿No se supone que nuestro lema es que cada una puede hacer lo que quiera con su cuerpo?

¿No estamos exigiendo que el tener o no crías, el abortar o no, remita al derecho de decidir sobre nuestros cuerpos?

El cuerpo desnudo, ¿no es el cuerpo mismo?

¿No es lo más desprestigiado de la cultura y por ello digno de recuperar?

¿Y por qué van a ser las tetas válidas solo en las manifestaciones?

¿Nos van a azuzar cuando las mostramos en rebeldía, pero no en otros contextos?

¿Van a ser las caninistas como los medios tradicionales, que sin saber qué hacer con nosotras quieren quitarnos de las pantallas y de la legítima discusión?

Nuestros cuerpos siguen incomodando y descolocando, pero las babas y las rabias de la perrería no son nuestro problema… Nuestro problema es impedir que nos digan qué hacer con nuestros cuerpos.

Se la quedó viendo, desafiante. Coleteando el suelo.

Claro…, gimoteó la quiltra, indecisa, porque no era igual desnudarse en un lugar que en otro: si cambiaban los contextos, cambiaba el sentido de un acto.

La chucha, exasperada ante esa vacilación, añadió: *¿Y con nuestros hocicos…? ¿No puede una decir lo que quiera, tenga o no los labios y la cara cubiertos de maquillaje, el cuerpo dibujado por tatuajes?*

La quiltra echó las orejas hacia atrás, intimidada.

Eso mismo lo había dicho Adichie, bien peinada y decorada, envuelta en vistosas telas propias de la usanza nigeriana. La Ngozi estaba orgullosa de ser quien era, de ser negra, de ser hembra, de posar como tal. Pero Lina no estaba segura de que se escuchara el mensaje cuando provenía de unos labios pintados o que se escuchara de la misma manera, que se tomara nota de lo dicho. Todo cuerpo podía ser demasiado cuerpo, podía ser demasiada distracción. Un ruido ensordecedor que impidiera la escucha del mensaje.

Soy una perra, joder, escuchó que exclamaba Luna, y Lina se esmeró en estirar su oído en el aire para capturar sus palabras y abrirse a la disonancia, disolverse en su voz. No fuera a ser que se le escapara la médula de su decir o algún jugoso matiz.

Me identifico con ser perra y quiero parecerlo. Con todo respeto por nuestras dóbermans y nuestras bóxers, nuestras masculinas rotweilers, no quiero ser confundida con un macho. Ser y parecer perra, eso quiero, y quiero que me lo alaben tanto como a esa escritora que admiro, la Sosa Villada, que como «la mala» que es no deja de festejar la «flor carnívora» de su pecho y las curvas quirúrgicas de su perfecta anatomía hembruna.

Lina la escuchaba y a la vez oía en su memoria la frase de una vieja caninista, de cuyo nombre prefería no acordarse, no ahora, porque sobre Sosa Villada había comentado, llena de acritud, de una acritud acaso envidiosa: *Tanto hablar de la muerte del autor de Barthes para ver cómo se viene al suelo esa teoría: el mercado exige que haya un cuerpo, ojalá un cuerpo de autora, un cuerpo vivo, deseable, provocador, que acompañe el libro y auspicie su venta.*

Parecer perra, seguía Luna impertérrita, *aunque algunos me juzguen por estar haciendo parodia de lo femenino y a la vez de lo canino.* Luna percibió que la quiltra juntaba su peludo ceño y creyendo que le adivinaba el pensamiento agregó: *No, Lina, no pretendo verme como la adiestrada perrita poodle, tan graciosa ella, tan insignificante políticamente. Es más bien lo que apunta Ziga, que devino doga ultrafemenina y se sumó a una manada de irreverentes «putonas», así las llama ella, no yo*, aclaró Luna recuperando el aliento para continuar, *lo que dice Ziga es esto: que me guste ser y parecer perra «no significa que me guste ser la perra de alguien» o que quiera ser perra «porque a alguien le guste».*

Estoy cansada de que nos digan qué debemos ser y parecer. Cansada de que el caninismo se haya aliado a los discursos conservadores de la decencia femenina. Ziga se pregunta, y yo con ella: «¿Por qué sería malo mostrar el cuerpo y llamar la atención?». ¿No encuentras paradójico que para evitar el histórico y tal vez histérico comidillo de los coyotes, para sortear su acoso, debamos ocultarnos en la casa o salir tapadas para no ser ni vistas? ¿Masculinizarnos para protegernos del deseo ajeno y desparecer? Es absurdo esto de desaparecer por propia voluntad para no ser desaparecidas, esto de callarnos para que ellos no nos callen. ¡Ni de coña!

La lengua de Luna salpicaba gotas de una baba transparente.

No quiero que se me malentienda. La que quiera hacerse invisible que lo haga, pero no nos confundamos: su invisibilidad es tan pose como la mía hacerme visible. Cada una debe resolver cómo ir por el mundo para estar cómoda pero no imponérselo a las demás con la garra levantada.

Lina vio que Luna se tensaba e instintivamente se puso en guardia. Sabía que Luna no iba a lanzársele a la yugular, pero no pudo evitar mirarla fijo, de frente, mostrarle los colmillos largos. Pero quería hacerle saber que estaba molesta con su perorata: por más que no la hubiera insultado, por más que hubiera evitado las palabras *autoritaria* y *anticuada*, Lina percibió la presencia de ambas acusaciones en su aliento, respirando encima suyo con todas sus letras, erizándole el pelaje. Quiso salir de esa conversación. Quiso volverse una bola de pelo y rodar por el parque que se veía a lo lejos. Hundirse en las briznas del pastizal. Luna notó de inmediato que Lina había vuelto su rostro hacia los extramuros de la ciudad. Tenía todavía la cola metida entre las patas, el lomo engrifado, y comprendió que debía estar incómoda. Se acercó para darle una trompada juguetona, y cambiando un poco de tercio, aunque no del todo, le preguntó a la quiltra si había visto los videos de la Pili en la perruquería.

A Lina le brillaron fugaces los ojos y Luna añadió que la platinada reguetonera, tan popular entre la cachorrez, tenía una nueva canción de lo más divertida. Una canción que las perritas repetían como un mantra –«me quieren lapidá porque no voy depilá»– decididas a no quitarse nunca más ni un solo pelo.

Ni un pelo más…, ¿pero esto no es contradictorio?, masculló Lina, extrañada con ese deseo de dejarse el pelaje sin recortar ni rebanar. Era lo contrario de la feminidad extrema que venían debatiendo. Era lo opuesto al trasquilado de la chucha, que llevaba rapada hasta la cola. Era más bien lo que hacía ella, quiltra peluda, quiltra orgullosa de su flanco enmarañado.

Y Luna le dio la razón pero solo a medias, porque, aunque era cierto que el pensamiento de las cánidas estaba lleno de contradicciones, el pensar debía permitirse la contradicción porque no contradecirse nunca era una forma de fanatismo.

En todo caso, agregó, *lo que propone la Pili es que cada cual haga lo que elija hacer con su pelambre. Y si me permites decir algo* **más**, pidió Luna y Lina consintió, *te aclaro que te la mencioné menos por los pelos que por su pegajoso reguetón y su incitación al perreo...*

Tosió secamente, Lina, y Luna, defensiva, la increpó.

No me digas que me vaya a otro perro con este hueso. Se trata de lo mismo. Ir femenina y perrear son parte de una misma libertad que las hembras debemos permitirnos. Una libertad que no le pertenece a ninguna ideología. La liberación de la erótica no debe quedar del lado del capitalismo y eximida del socialismo. La erótica es una fuerza, una energía que nos empuja hacia adelante, vital y políticamente. ¿Por qué hemos de renunciar al deseo y al placer? ¿Para abocarnos en exclusiva al cumplimiento del deber? ¿Del deber de matarnos trabajando, del deber de acumular sin disfrutar? Hay que ir valorando el placer si queremos vivir «una vida sabrosa», como le oí decir a Francia Márquez, la primera vicepresidenta de Colombia, la primera negra en un primer gobierno colombiano de izquierdas. Seguro recordarás que usó esta frase de eslogan en su campaña electoral y que luego cautelosa aclaró que ese «vivir sabroso» era «vivir sin miedo», «con digni-

dad», con «derechos garantizados por la ley». *Es hora de un vivir sabroso más abarcador y desaforado, con meneo de colas y culos, con las montadas que queramos cuando nos dé la gana y la posibilidad de empujar lejos a los babosos cuando no nos la dé. Porque «si no puedo perrear esta no es mi revolución», ¿entiendes?, esa es la línea de otra canción, ese es otro lema*, mostró sus colmillos en una sonrisa inhumana, sabiendo que Sade, el oscuro Marqués que no era precisamente un hombre negro ni inclusivo ni igualitario ni compasivo ni de izquierdas, como la Márquez, sabiendo, sin decirlo, que Sade había dicho que sin fornicación no habría revolución, aunque en su boca esas palabras estaban puestas solo para beneficiarlo a él.

Aclárame esto, siguió Luna, *¿tú sabes perrear? ¿Has perreado alguna vez?*

Lina no le prestaba atención, estaba distraída viendo a una tropa de travestidas o transicionantes trepando los peldaños de granito hacia ellas. Luna, de espaldas a la escalinata, seguía a lo suyo sin soltar presa.

¿Estás en contra del gustoso perreo?, insistió la chucha y le puso una pata encima. *¿No será que lo que te irrita es que quienes perrean son sobre todo las perras mestizas o negras,*

menos acomplejadas con sus cuerpos, más dispuestas a disfrutar porque esos cuerpos suyos son lo único que les da placer? ¿Será que te dan envidia las cachorras alzadas como yo? ¿Las chuchitas indómitas, deseantes y desinhibidas que tú nunca fuiste y ya no serás? ¿Será que tu postura no es caninista sino clasista, o… le susurró repentinamente alertada de la multitud mamífera que las rodeaba, *de un racismo de la peor especie?*

+++

Debieron hacerse a un lado: en la entrada de la biblioteca se había apostado una manada variopinta, eran cuadrúpedas en su mayoría, de pelambres diversas, ásperas y suaves, recortadas o largas, con mechones enhebrados de pluma o boas enlazadas al cogote, rayas cebrinas, colmillos elefantiásicos o acaso jabalinos, audaces cornamentas, pezuñas terneras sobrepuestas a las patas. Mugían. Bufaban. Bramaban desbocadas. Relinchaban y coceaban, estrepitosas, sobre la piedra.

A Lina se le apareció un inolvidable pasaje de *Lumpérica* donde una yegua mugía como una vaca hasta que «la cosa que había llegado a ser se detenía». Pero la muchedumbre que ocupaba el descanso de la escalinata no se detenía, no llegaba a *ser* nada estable ni reconocible, era una concentración camaleónica que avanzaba y se acumulaba o retrocedía y se desordenaba y emitía voces ininteligibles que eran siempre otra cosa.

Unos chispazos sinápticos le iluminaron a Lina otra escena de la misma novela. Luna quizá no hubiera leído ese libro temprano de la Eltit donde, entre tantas situaciones alucinadas, surgían unas quiltras sarnosas persiguiendo a una perra fina. Esa novela de la escritora chilena acaso no, pero sí algunas de las más recientes porque se habían publicado en España. Debía al menos conocer *Los vigilantes*, donde una madre humana y su hijo, desposeídos de su hogar y calados de frío, acababan arrimados a un quiltrerío que le aúlla a la luna. La escena volvía ahora a su memoria porque Luna levantó su hocico y sumó un ronquido ensordecedor al desfile zoológico. Y no se estaba quieta, saltaba ahora alrededor de la tropa transespecie, les olisqueaba el culo y nombraba a quienes su olfato iba distinguiendo.

Lina, en cambio, se restó momentáneamente del alboroto. El cuerpo le pedía silencio para repasar lo que Luna había dicho apenas unos minutos antes, sugiriendo una fractura, una de tantas, en el feminismo. Era casi seguro que muchas percibieran a las perras pensadoras como elitistas además de puristas. Que vieran a las viejas como amargas y airadas. Temerosas y hasta tremendistas. Caninistas aguafiestas a las que acaso les asustaba el desorden y el desafuero del placer. Ella no era así, o no tan así, no, no, nada así. Lo confirmó consigo misma. A ella nunca le faltaban ni las ganas ni la oportunidad de fiestear. A ella la convocaba la ligereza de la ebriedad, el hablar fuerte, la carcajada escandalosa y cantar hasta quedar ronca. Y se le daban bien la cumbia, el merengue, la rumba, la lambada, aunque pocos imaginaban que ella pudiera mover las caderas como las movía, y menos aún que en sus años cachorros no se perdiera un contoneo de cola con los canes maricas de las discotecas disidentes. Nadie lo sabía. No era perra de andar difundiendo su pista privada: con ellos iba muy sensual porque se sentía protegida, con ellos se zarandeaba, por ellos y entre ellos se dejaba frotar. Lo de menos era el toqueteo de ancas y culos, deliberó consigo misma, el rozarse consintiendo y gozando no violentaba a nadie.

Su apuro no era el perreo. No eran ni siquiera las letras del perreo, que le resultaban difíciles de tragar, por humillantes, por violentas, sin duda peores que los patéticos estribillos ochenteros que ella se sabía de memoria y a veces tarareaba con nostalgia bajo la lluvia. Sincerándose ante sí admitió que sentía un placer culpable por algunas letras nefastas de su época, que a veces se planteaba, completamente consternada, cómo podía ser caninista y corear líneas que reducían a las perras a la mera carne, al mero pellejo, al agujero mismo.

Eran ritmos inocuos, tal vez, pero las líneas no lo eran, no tanto, porque lo que se vislumbraba más allá de los mensajes repetidos, en las oscuras calles, en los peladeros de la vida, en el horizonte de la existencia, era el sometimiento de las perras y las cánidas asesinadas.

Era eso lo que temía, eso, más allá de las palabras pero asimismo en ellas.

Eso: la relación entre lo aparentemente inofensivo y la indefensión de los cuerpos.

Eso era.

Por eso, si Luna volvía a insinuar que rechazaba el perreo por clasista o racista, Lina iba a *cogerse una perra* de las buenas. ¿Cómo que cogerse una perra…?, qué infamia de la lengua ese modismo castizo al que acababa de recurrir... *Agarrarse una rabieta* en la península era, en el sur de sus Américas, *culearse a una de sus pares*. ¿Ella había dicho eso? Lo había dicho sin querer decirlo: su habla estaba atravesada de expresiones tan transatlánticas como traicioneras. Y asoció enseguida otra expresión, la de *amarrarse una perra* que en colombiano era emborracharse pero que a ella le sonaba a sadismo. Qué podía hacer salvo aceptar los usos disímiles de cada lugar y, sin llegar a las dentelladas con el disciplinante diccionario, abrirse a esas tensiones irresolubles si una quería, como Lina quería, sostener una conversación ampliada en los territorios del idioma.

Volvió a las acusaciones de Luna.

¿Era justo pedirle que no expresara sus suspicaces preguntas?

Ese tema reverberaba en su interior, porque Lina, consecuente con el ala más dialogante del caninismo, ponía, como Luna, toda la carne a la parrilla. Su sistema consistía en intercambiar ideas y debatir criterios antes de convenir en alguno, inquirir antes que imponer opiniones, usar argumentos consistentes, no insultos *ad caninem*. Aunque *ad caninem* había sido la interlocución de Luna: se había dirigido a Lina y la había acusado.

Rescataba sin embargo lo directo de sus preguntas, ese poner a prueba sus premisas, aun las más tajantes. Y se recordó, acaso para exculparla, que eran de camadas distantes y distintas, y que toda postura crecía en su contexto, mordida por la historia, herida por el presente.

Estaba obligada a examinar las acusaciones: toda perra pensante, se dijo, debía empezar siempre por pensarse a sí misma. Pensarse críticamente.

Ese coloquio imprevisto y espontáneo, ese coloquio a ratos arduo, era una oportunidad que ella no iba a desatender. Y por eso, mientras esperaba que Luna se despidiera de la mamífera multitud, que ya empezaba a colarse por las puertas de la biblioteca, se sumergió un poco más en las artes del diálogo, tan cuestionadas, tan castradas hoy. Invocó una frase de la académica Castro-Picón que describía la conversación no como «una línea recta» sino como «vagabundeos de palabras»; el diálogo, proponía Castro-Picón, podía propiciar un dinámico «razonar y resonar» con otras perras en un intercambio delicado y tenso. La muy chucha de la Castro-Picón enfatizaba, y eso era significativo, que el diálogo permitía crear comunidades en vez de fortalecer un juicio excluyente. Sí, algo así decía, aunque no era su frase *verbatim*. Pero decía, esto sí se le había quedado en la memoria, que el actual era un tiempo en que la discusión política se «centraba demasiado en la anulación del adversario y en la validación del aliado que no era más que un igual. Nada se puede aprender ni del oponente al que no escuchas ni del aliado que se vuelve tu eco». La Castro-Picón sugería debatir sin esperar que fueran a resolverse las tensiones, aun cuando esas tensiones pudieran agudizarse en el intercambio. Y Lina concluyó que todo auténtico diálogo debía de ser un diálogo tensionado y que la conversación y el contrapunteo eran necesarios para la reflexión.

+++

Las puertas de roble se habían abierto y cerrado y tragado a la turba. Luna se tendió sobre la piedra entibiada por el mediodía con las patas estiradas y el cuerpo largo, y le comentó a Lina que la manada venía a un panel donde se expondría el álgido asunto de transicionar. Era un panel al que Luna decidió no sumarse: había asistido a cuántos, ¿cinco o seis conversatorios de esos en el último año? Sus lecturas al respecto así como su propia experiencia de transición especista eran suficientes, nadie la juzgaría por quedarse bajo ese solcito espléndido que pronto iba a escasear. Entrecerró los párpados y acomodó la cabeza entre las patas. *¿En qué parte de la oración nos quedamos?*

Pero Lina no tenía intención de regresar a la parte del perreo: se había quitado esa espina; lo que seguía royendo era un huesito previo, el hueso de la discriminación de las féminas en el campo literario.

¿Dices, lo denunciado por Woolf?

Por ejemplo, pero los dichos de esa loba lúcida son de hace un siglo, respondió Lina, *hablemos mejor de los dichos de la Ferré, que como sabes le hincó el diente al mismo asunto en un ensayo ciertamente más reciente e incendiario.*

Incendiario, sí, asintió Luna y agitó el rabo porque, en efecto, en su *Coloquio de las perras* Ferré examinaba cómo eran las mujeres a garras de los escritores del boom latinoamericano, y lo había hecho poniendo sus razones en los morros de Fina, perra-cuentista como Ferré, y de Franca, perra-crítica que encarnaba a su amiga Franco, a quien Ferré le dedicó su escrito. Pero no satisfecha la puertorriqueña con poner a esas dos perras a protestar, su cuento, que era asimismo ensayo y manifiesto, cerraba con una jauría exigiendo sus derechos en una multitudinaria manifestación.

Toda una predecesora, la Ferré; aunque no fuera una perra declarada era una instigadora del corral. Diciendo esto Lina cayó en la cuenta de que Luna había usado el título de Ferré para hacer su propio rescate de una docena de escritoras suprimidas del cánido canon, con Elena Garro a la cabeza, con Pita Amor y Eunice Odio a la cola. Lina quiso confirmar su sospecha de que la chucha ibérica se había inspirado en el escrito ferrero del siglo anterior, no en el ejemplar relato de Cervantes, su coterráneo.

¡En Ferré, por supuesto!, ladró Luna, y volvió a ladrar contenta de que Lina conociera ambos coloquios perrunos y hubiera captado el origen de su ensayo. *Fue en homenaje a Ferré que escribí sobre esas autoras olvidadas. Como Ferré se dedica a despellejar a los coyotes, y no habla casi de las obras de sus contemporáneas, decidí hacerlo yo. Lo que me fascinó de Ferré fue que, a diferencia de Woolf, tan irónica pero tan* polite, *la puertorriqueña no tuvo pelos en la lengua. Les hizo un fiero repaso a sus novelas. Están todos, Lina, con nombre y apellido.*

Ninguno sale bien parado, es cierto, afirmó Lina.

¿Recuerdas lo que dice de Borges?, sumó Luna sin esperar respuesta. *«Esa momia sacrosanta que todo perro escritor latinoamericano guarda como un jamón ahumado en su alacena, para roer secretamente sus huesos de vez en cuando».*

Lina lanzó una risa como quien lanza un rugido. Se tiró de espaldas carcajeando, se revolcó en las piedras ígneas de la escalinata, levantó las patas y ahí se quedó un buen rato mientras Luna la miraba, primero anonadada y luego animada por ese pataleo: se arrojó a su lado, patas arriba, pero pronto debieron enderezarse las dos porque desde el interior de la biblioteca se asomó un pastor alemán con las orejas tiesas para exigirles silencio: el conversatorio estaba por empezar. Y señaló el anuncio claveteado a la puerta antes de perderse entre ellas.

Bajaron la voz. Luna le cuchicheó a Lina, en la oreja misma, que de la misoginia no se salvaba ni uno solo, ni el enrevesado Lezama Lima, ni el estirado Fuentes, ni el circunspecto Onetti, ni el enigmático Rulfo, ni la momia de Vargas Llosa, en cuyas novelas, decía Ferré en boca de Fina, «no existen las féminas». Y agregó que la puertorriqueña tampoco salvaba a Donoso: según Fina o tal vez Franca (Luna no recordaba cuál), el autor de *El obsceno pájaro de la noche* siempre hacía de las mujeres ancianas chismosas y andrajosas o brujas en potencia. Y García Márquez, uno de los favoritos de Ferré (era decir, de Fina y de Franca), había caído en la perrería de sus pares en más de una oportunidad. Algo similar sucedía con Cortázar, a quien tanto Lina como Luna admiraban en exceso, porque siendo cierto que ese escritor de buen olfato ahondaba en la subjetividad de algunas de sus féminas, en *Rayuela* la Maga era un ser ingrávido, una mujer insensata, una madre nefasta que causaba la muerte del bebé Rocamadour. Era además una amante sumisa, dispuesta a que Oliveira la matara sin siquiera despeinarse.

Y no nos olvidemos de su lamentable intervención sobre «el lector hembra», ese lector pasivo y patán que no entiende nada, como no entendemos nada nosotras, según ellos, dijo Lina soltando un silbido seco.

Luna replicó con un aspaviento y agregó, *es indignante… Ellos se creían tan transgresores en el género, pero solo lo fueron en el literario.*

*Pero casi más indignante es que no nos diéramos cuenta, Luna. Yo leí a esos perros encandilada por sus tramas desbordantes y el virtuosismo de su prosa, sin percatarme de que sus mujeres eran convenciones patriarcales más que personajes. Eran monjas crueles o madres serviciales o hermanas bobas o perversas prostitutas, musas sin sombra y sin voz... Pero eso estaba tan internalizado, o na*turalizado, *por usar una palabreja actual.*

Precisamente por eso no nos dábamos cuenta, replicó Luna. *Tuvo que venir una Ferré a señalárnoslo. A las perras de pedigrí, como Fina y Franca. A las perras mixtas, como nosotras,* dijo, y citando de memoria a la puertorriqueña azuzó a Lina con esta línea: «*Lo que leemos la mayor parte de las veces es la dramatización de los roles culturales todavía demasiado vigentes*».

Hay una complicación con esa cita de Ferré..., aventó la quiltra. *Y es que también ella dramatiza en su coloquio las ideas de* su *tiempo... Ideas, más bien prejuicios, que pongo sobre el comedero para despedazarlos porque es muy posible que nosotras estemos bebiendo y tragando y regurgitando las ideas vivas en nuestra cultura, dramatizando en nuestras conversaciones y nuestros escritos ideas hoy hegemónicas*, sonrió Lina, sabiendo de sobra que era pura petulancia incurrir en un concepto gramsciano.

Relajó la lengua, gruesa y áspera: en su punta blanquecina se alojaba la posibilidad de que Ferré hubiera errado al incluir entre los misóginos al barroco Sarduy. Retrocedió años hasta alcanzar la escena de lectura del coloquio ferrero, se vio arrancando la página donde Fina criticaba al cubano porque en sus novelas las mujeres eran meros «hombres emperifollados». Esa observación mordaz se revelaba odiosa, esos textos merecían una relectura cuando no una reconsideración, pensó, y pensó asimismo que Sarduy, como el Donoso de *Un lugar sin límites* y otros narradores del travestismo latinoamericano (un travestismo que no era nunca o no era siempre o no era todavía la transición de género), pretendían sublevar las normas identitarias en una época que no solo no había aceptado a las mujeres como pares y como personajes de múltiples dimensiones sino que negaba a las disidencias sexuales y a quienes usaban su feminidad para subvertir las normas.

¡La feminidad extrema como parodia de la feminidad!, exclamó Luna, dándose con el rabo la razón.

¡La feminidad radical que afrenta a los machos!

¡El pánico masculino de ser seducido por una travesti o una trans!

¡La ira de las nacidas mujeres cuando se sienten amenazadas por esas otras que nacieron hombres!

Estaban ladrando excitadísimas las dos y no se sabía cuál ladraba qué. Lina confirmaba a Luna y Luna a Lina porque de pronto coincidían en que Ferré había caricaturizado al travesti de entonces al presentarlo como macho *disfrazado* de mujer, disfrazado y degradado en su feminidad, porque cuando Ferré usaba *emperifollar* subrayaba despectivamente lo que en su parodia y su exceso desordenaba la rigidez binaria de los géneros.

¿Y si travestis como Lemebel o Sosa Villada, hoy declarada trans, no iban simplemente «emperifolladas» sino que se *identificaban* con esa manera de ser y de vestir y de estar en el mundo antes de que la transición de género fuera socialmente posible? ¿Si se sentían mujeres y eran mujeres sin derecho a serlo y sobreactuaban lo femenino para hacerse ver y valer? ¿Si esa era la manera de acortar la distancia entre la identidad y su representación o mejor, de demostrar que la identidad estaba amarrada a su representación?

Ese sí que no era un juego de palabras sino una cosa muy seria, una cuestión con ribetes filosóficos. En el siglo anterior el travestismo de esas novelas daba cuenta de una creciente toma de conciencia por parte de grupos minoritarios, o *minorizados*, que habían entendido que lo que pasaba por ser la naturaleza humana era una construcción conveniente para la estructura del poder patriarcal. Pero si el género era un relato construido, entonces se podía desmontar, se podían construir otros relatos.

¿Quién había sugerido esto último?, caviló Luna, pero no pudo desmenuzar las ideas porque eran tantas... A Luna se le caía la cabeza y volvía a levantarla, intentando atender a Lina pero aprestándose a dormir. No valió de nada remecerla: alzó con esfuerzo una ceja. *Perdona Lina, anduve de juerga con la jauría anoche, bebiendo y bailando hasta las tantas... No soy capaz*, susurró, *no en este momento... Déjame echar una pestañeada mientras tú devuelves mi libro y el tuyo y te enteras de qué hablan las panelistas. Después me cuentas, ¿vale?*

+++

Escuchó aplausos y algún abucheo que venían del fondo de la sala; entrecerró los ojos pero solo percibió rostros imprecisos: era poca su agudeza visual tras sus años de correría callejera. Se acercaría al auditorio en cuanto metiera al buzón el ensayo de la Woolf y *Canina*, la premiada novela de una notable debutante conocida como Yoder. Con el hocico ya liberado se quedó relamiendo el recuerdo de esa lectura: la protagonista, que Lina sospechaba alter ego autoral, era una artista atrapada en la domesticante estructura familiar y las exigencias de su recién nacido. No hallaba salida a su circunstancia, pero su cuerpo empieza a rebelarse escindiéndose de esa existencia: se afilan sus dientes, su piel se cubre de pelambre, le sale un bultito en el coxis que pronto es una peluda protuberancia. Eran tantas las situaciones que Lina admitía como propias, tantos sentimientos que Yoder expresaba sucintamente: «Le gusta la idea de ser perra porque puede ladrar y gruñir sin tener que justificarse. Puede correr con libertad si le apetece. Puede ser puro cuerpo, instinto y deseo. Puede ser apetito y furia, sed y miedo». Y había aún más líneas que romantizaban lo animal: ese «estado de pureza palpitante» que la humanidad había desperdiciado. Y aunque la transformación licántrope de esa mujer era extrema, más salvaje que suave, más chacal que canina (contradiciendo el título mismo de la obra, apuntó Lina), ahí se narraba el bienestar que le provoca aceptarse por fin perra. Y aunque era una novela algo reiterativa, lo que concernía a Lina era esa aceptación liberadora, esa transición creativa: su identidad y su representación son la obra performática que le restituye su lugar en el mundo.

+++

El cartel anunciaba el tema y proporcionaba el título de cada charla pero no daba el nombre de las charlistas: se las estaba cuidando con el anonimato de la letra y con un arisco can-cerbero que controlaba el acceso. Lina se identificó, y entró, como perro por su casa, al vidriado salón de conferencias para atender al conversatorio, o lo que quedara de él. A juzgar por la hora, se había perdido la ponencia sobre los planteos transitivos del deseo en Despentes, polémica perdiguera de raza setter quien además de novelista había ejercido la prostitución y el activismo: exigía leyes que resguardaran a las trabajadoras sexuales que tan a menudo eran perras trans. Lina debía haberse perdido además la presentación sobre Preciado, quien, aun antes de transicionar de filósofa a teórico cuir a ser viviente no binario, había usado el apelativo de «Bulldog Sin Tierra».

No le importó tanto habérselas perdido, conocía sus libros, sus provocaciones, su enorme contribución, pero había otras voces igualmente desafiantes que no circulaban tanto, como la de Stryker, a quien Lina le había oído decir que «el género ha cambiado, sigue cambiando, nos está cambiando a todas». Eso era tan cierto. Y era cierto que las categorías de antes y las palabras de hoy no daban cuenta de las diversas realidades actuales: también las palabras debían cambiar, estaban cambiando, nos estaban cambiando. «Todas debemos ser poetas rebeldes, transformar las palabras», había dicho de manera urgente e inolvidable.

Había algo más en las palabras de Stryker, rumió Lina haciéndose sitio entre la animalada, sentándose sobre las patas traseras; algo sobre oponerse a la policía lingüística que había resonado en ella, algo sobre renegar de la vigilancia autoritaria sobre el lenguaje que se multiplicaba a su alrededor. El derecho a equivocarse, por ejemplo, el derecho a cambiar de idea, el derecho a tomar nuevos nombres. «No hay nada malo en cómo alguien elija definirse ni en que vaya cambiando su definición de sí». La quiltra valoraba ese ir y venir, ese lenguaje incomodado y descolocado pero no intolerante.

Paró la oreja al percibir que alguien presentaba la biografía de la tercera ponente, una zoóloga de rostro felino a quien Lina de inmediato reconoció: la había visto retratada en la puerta de una librería inglesa; sí, estaba segura, era ella la que posaba junto a su libro más reciente: *Bitch*. Recordó haberse detenido ante el cartel y haberse dicho, qué título tan temerario, porque perra y zorra eran *puta* en todo el planeta, eran malas palabras o lo habían sido: ahora las más rebeldes se las daban a sí mismas. Era sobre *Bitch* que iba a hablar su autora, la Cooke o la *coque* aunque en inglés seguro sería *cuqui*. Nombre de mascota consentida, bufó Lina, aunque pronto confirmaría que la cuqui no era una ponente domesticada ni mucho menos.

Sin disculpas ni descargos, Cooke partió por denostar su disciplina y difamar a sus colegas, los zoólogos, los evolucionistas, por usar su ciencia para justificar la discriminación histórica de las féminas. Contó, en un castellano correcto pero precariamente conjugado, que hacía siglos que sus pares manipulaban los datos para confirmar las ideas misóginas de Darwin que a su vez se basaban en ideas misóginas del mismísimo Aristóteles. Las hembras siempre resultaban más pequeñas, pasivas y endebles, más simples e inferiores que los machos. Menos evolucionadas. Menos inteligentes. Menos hábiles. Menos. Menos. *Always less*, susurró Cooke cambiándose a su lengua. No importaba que encontraran evidencia de que ellas eran más o incluso tan dotadas en músculo y mente, continuaban defendiendo la superioridad de los machos, y agregó que esa supuesta desigualdad entre los humanos había sido proyectada sobre el comportamiento sexual de las demás especies.

Echó la melena atrás. Se fijó en la multitud mamífera que tenía delante, esa zoociedad sentada a sus pies en armonía, como los revolucionarios «camaradas» de la granja orwelliana antes de que los cerdos se tomaran el poder. Esa asociación le sacó una momentánea sonrisa gatuna, y siguió hablando. Señaló que no siempre eran las hembras las que cuidaban de las crías y que no siempre eran los machos quienes guiaban a sus pares, porque había muchas hembras alfa que lideraban de manera benevolente o de manera brutal. Las hembras pueden ser competitivas y destructivas, dijo Cooke, y alguien en el auditorio dio una coz. Pueden comerse a los machos después de usarlos para concebir, como ciertas arañas, dijo. Y las hay, como ciertas lagartijas, que han dejado de requerir de los machos y se reproducen por clonación.

Cooke aseveró que por siglos la zoología no solo había concebido a los animales en plácidas parejas monógamas como las que pregonaba la sociedad burguesa, el macho proveedor, la hembra servicial, sino que se había negado a aceptar la enorme variación en los roles de cada sexo animal; no eran pelos de la cola, pero aún más grave es que sus pares pretendían negar el hecho *comprobado* de que muchas especies eran capaces de *redefinir* su sexo.

Redefinirlo, repitió Cooke entre las voces del auditorio, voces acaso anonadadas, acaso inquietas. *Revertirlo*, insistió haciendo una pausa dramática en la que se colaron mugidos estentóreos y un rumor de berreos y balidos. Un movimiento de cuerpos, algún pedo sonoro que la hizo reír.

La ponente esperó a que se acallara el coro de pedos y las consecuentes carcajadas antes de describir un interesantísimo caso de redefinición sexual. *El caso del topo o más bien la topa,* dijo Cooke, y sonrió sorprendida por el sustantivo que acababa de inventarse en su torpe castellano. *¿Me imagino que entre ustedes no hay ninguna ratita excavadora para que nos comente lo que ocurre con su cuerpo?* Hubo discretas miradas de soslayo. *Ninguna. Pues, la topa que habita el subsuelo tiene gónadas muy, muy, ¿cuál es la palabra?,* dudó un instante y resolvió: *muy versátiles. Gónadas versátiles que contienen tejido ovárico en un extremo y tejido testicular en el otro. ¿Y saben qué sucede con estas dos partes?,* preguntó profesoralmente. *Pues: la parte ovárica aumenta para ovular en tiempos de reproducción y vuelve a encogerse acabada su tarea y en ese momento el testículo se desarrolla hasta superar al ovario para producir testosterona y proveer a la topa de la energía que requiere para la sobrevivencia suya y de su cría.*

Lina tosió como si se rasgara la tráquea, la cebra detrás suyo la mandó callar.

¿Y por qué importa esto? Cooke dejó su pregunta suspendida en el aire enrarecido de la sala como si esperara una respuesta. No

esperaba nada: ese preguntar suyo era un estilo discursivo, una manera de mantener cautiva a la animalada.

Importa, se respondió, *porque pone en cuestión la idea de que una hembra es* solo *biológicamente hembra. Fíjense que esto excede a los órganos internos. La apariencia externa de las topas también desafía la configuración binaria del sexo: es casi imposible distinguir, a simple vista, a la topa del topo. Su clítoris es largo como un pene y su vagina se cierra al exterior cuando no está en uso. A ojo no podemos saber si estamos ante una hembra o un macho.*

Pero déjenme decirles que nuestra ratita de los túneles no es para nada excepcional. Hay decenas de especies que no se ajustan a la convención de su sexo. Los milimétricos piojos de corteza, por ejemplo, desarrollan vaginas mientras sus pares, las piojas, ostentan penes. Y las monas araña portan entre las patas un pellejo colgante, a very confusing slice of skin, mientras los machos ocultan sus miembros. Y hay una mamífera malgache que semeja una gran gata sin serlo, cuyo clítoris, inicialmente discreto, se va alargando e incluso exuda un líquido seudo seminal, y a los dos años, cuando inicia su ciclo repro-

ductivo, ese clítoris fálico decrece y desaparece.

Se escuchó un suspiro, un siseo, un graznido grotesco en el auditorio; Lina no pudo evitar otra arremetida de tos al oír lo que Cooke estaba diciendo sobre la genitalidad de la hiena manchada. *El clítoris fálico de esa hiena*, comentó Cooke, *se levanta contra el «paradigma dimórfico» defendido por tantos zoólogos. A esa hiena se la descalificó como un error hermafrodita de la naturaleza. Eso que hoy aceptamos como intersexo*, explicó Cooke hurgando en el auditorio a ver si detectaba alguna de esas hienas, y, al no encontrar ninguna, comentó que el clítoris enhiesto de la manchada alcanzaba veinte centímetros entre unos labios hinchados, peludos y sellados: la hiena no tenía apertura vaginal, dijo. Y agregó que su curioso clítoris servía tanto para copular como para parir como para mear.

El auditorio estaba sumido en un expectante silencio. La quiltra aprovechó la pausa para confirmar consigo misma lo que opinaba, y era esto: que la hechura genética, morfológica y cromosomática de los vivientes en efecto era diversa, que ella misma lo era, ella y Luna y las demás, no había can igual a otra y no había can igual a sí misma, porque todo ser vivo se iba transformando con el paso de los años, incluso a pesar de sí.

Cooke miró la hora en el reloj mural de la biblioteca y se excusó por tener que abreviar su intervención: los diez minutos establecidos no daban para detallar la situación genital de tantas especies ni para sintetizar, en los minutos que le quedaban, las teorías hormonales del sexo. Le pidió a su auditorio que retuviera simplemente un dato que les facilitaría la lectura de su libro, que por supuesto les recomendaba leer sin tener en cuenta que *Bitch* no estaba todavía traducido.

Debiera leer ese libro, se dijo Lina que sí leía en inglés. Debiera congregar a la animalada para discutirlo, punto por punto. Se lo comentaría a la bibliotecaria a la salida. Y tras decidirlo volvió a prestar atención, porque Cooke había acelerado su habla y su acento espeso dificultaba el entendimiento.

El dato que importa retener, decía Cooke sin hacer ya pausas. *¡El dato es este! No es cierto que la testosterona sea una hormona masculina. Tampoco el estrógeno es femenino. Tampoco la progesterona es solo una hormona materna. Estas hormonas se hallan en cada uno de nuestros cuerpos, pero en cantidades que varían entre los sexos y en distintos*

*cuerpos del mismo sexo. Y su distribución cam-
bia en el tiempo, de acuerdo a una infinidad
de variables internas. Los receptores hormonales. Las enzimas que las procesan, etcétera.
Y variables externas como la exposición a la
luz y la presión atmosférica, el ph y la salini-
dad y la calidad del agua, la nutrición, las
infecciones, la densidad de población y un
etcétera aún más largo.*

*Déjenme darles un ejemplo relativo a la tem-
peratura, pues,* dijo, la voz acezante. *La temperatura es uno de esos factores que estimulan
la determinación del sexo. Si eres una tortuga,* susurró, echándoles un vistazo rápido a los
mamíferos por si había alguna tortuga entre
ellos. Pero tampoco había tortugas en la sala
y Cooke continuó en un castellano cada vez
más cansado y torpe. *Si sales del mar y entie-
rras tus huevos en las arenas tropicales, pues.
Si hay más de 31 grados celsius se activan genes para hacer tortuguitas con ovarios mientras que por debajo de esa temperatura los
genes generan tortuguitas con* testis. *Y si la
temperatura fluctúa tendrás tortuguitas de
ambos sexos. Y si no eres tortuga pero eres
un renacuajo siempre serás renacuaja mientras vivas dentro del estanque, pero tus ovarios podrán volverse* testis *si sales a tierra: en*

ese momento la mitad de las ranas se vuelven *ranos*, rio Cooke. *No entendemos pues los porqués todavía, solo sabemos que eso es lo que ocurre. Y no se trata de sistemas menos evolucionados, menos complejos,* less, less, less, *como pretenden algunos zoólogos mamífero-céntricos. Estas son ventajas evolutivas de sistemas extraordinariamente plásticos que han asegurado la sobrevivencia de cientos de especies a lo largo de los siglos. La variación no es un* mistake *sino que una estrategia vital muy* sofisticated.

So, y aquí termino: esto es lo que la zoología por fin empieza a reconocer como «intersexualidad adaptativa», dijo, *¿y qué es eso?, pues eso significa que ciertas especies pueden producir más o menos hormonas para dar curso a determinadas necesidades. La evolución de las especies implica, no lo olviden nunca pues, que las* species *están cambiando, adaptándose para asegurar su persistencia, y, como digo en mi libro, es feo que me cite a mí misma pero me gusta tanto esta frase,* sonrió, seductora, *«el sexo es un maestro de su propia reinvención».*

+++

La trompuda moderadora agradeció la intervención de Cooke sobre la intersexualidad como forma de evolución adaptativa. *Tu ponencia nos alerta de que el ser humano se ha concebido como un ser acabado y completo, como un ser perfecto. Ese es el ser, y sobre todo el hombre de la especie humana, que inventó el sexismo para establecer diferencias jerárquicas con los demás seres vivientes incluyendo humanos de otras razas, a sus mujeres y sus disidentes sexuales. Esto nos prepara para la siguiente charla, cuyo propósito era desmantelar el libreto sexista que paradójica y tristemente han sustentado ciertas feministas. El título de la charla es: «La transexclusión de las llamadas feministas: notas sobre las tesis transfóbicas de Canín».*

¿La Canín?, saltó la quiltra.

¿Se había vuelto terfa, la Canín?

¿Una terfa dogmática, sin matices?

Le costaba creerlo. Lina la había conocido en su patiperreo por los Estados Unidos, la había escuchado en un congreso, la había leído y todavía la leía, la había admirado como combativa intelectual. Era culta y articulada, la Canín, era ocurrente e irónica y tan persuasiva. Y no se restaba de la fiesta: según le habían contado, perreaba de lo lindo en los antros neoyorquinos. Y aunque la colombiana nunca había pronunciado una afinidad con el movimiento caninista, había declarado tal afecto por su salchicha de orejas aladas (es «mi único amor»), hablaba con tal aceptación de la metamorfosis («siento que tengo ese cuerpo»), había descrito tal identificación recíproca con su perra («la miro y siento que soy yo y creo que ella tampoco sabe distinguirse de mí»), que Lina la había creído una de las suyas.

Se recordaba defendiéndola ante sus críticos: nunca le importó que la cachaca no fuera ni quiltra ni chandosa, sino fémina de una raza rola encumbrada en política. Nadie elegía su cuna ni su corral, lo que valía era lo que se hacía tras marcharse de ahí. Y la Canín había defendido los derechos humanos en ese país suyo atravesado por el odio, y había defendido la existencia animal tras «una suerte de conversión» mediada por «la conciencia del dolor de los animales». Y Lina se había convencido de que iba en serio cuando empezó a firmar sus libros con ese apellido canino.

Toda esa solidaridad con lo perruno, toda esa identificación antes de caer en la más profunda soberbia humanista de su especie, antes de ponerse a dictar cátedra, de pregonar un uso elitista de la palabra y la puntuación, de repartir correctivos a modo de bozales y tildar de «conchudo» y «patético» y cosas peores a quien se le malcruzara.

¿Qué mosquito le habría picado allá en Colombia que encima se había vuelto terfa?, se preguntó la quiltra y se retractó de inmediato porque qué culpa podían tener los mosquitos en semejante devenir. Era cosa de la Canín el haberse arrancado con los tarros. (Qué cosa tan perra, esa, y a la vez, qué modismo tan chileno, discurrió Lina). ¿Sería cierto que se había ido con los tarros del terfismo, siguiendo la hedionda huella de escritoras bestseller, y un nutrido cuadro de furibundas feministas ibéricas que en otra época Lina había admirado tanto? ¿Qué había pasado con los derechos humanos de los y las trans, con su sufrimiento? Y si estaba contra la transición de género, ¿estaría además contra la transición especista? ¿No era esa una aberración, una *aperración* incluso? (Lina y su incesante malabarismo palabrero). ¿Se estaría pronunciando contra su anterior afinidad canil? ¿Le repugnaría ahora la perridad? ¿Sería que su amor por su salchicha no era más que un chiste condescendiente? ¿Una afirmación de la asimetría entre ama y mascota? ¿Habría osado decir que seres como Lina no eran quiltras ni menos monas, yeguas, linces ni nada en el enorme etcétera de las mamíferas?

De solo pensarlo le dieron ganas de levantar la pata como un macho y mear en la columna lateral. No, no, mear no: ni siquiera iba a sentarse como hembra a hacer lo suyo: no era ni el lugar ni el momento para meadas. No se perdería por estar meando ni menos cagando esa última charla que Luna también hubiera debido escuchar, pero calculó que la cachorra seguiría a pata suelta, sumergida en su siesta. Demoraría todavía en despertar. Se acomodó entre la manada zoomorfa que ahora mantenía un silencio sepulcral.

+++

Reconoció su origen por el acento: era una cuzca porteña y profesora, y la moderadora le daba el nombre de Suárez-Tomé. Iba un poco deslucida, pero expresaba con elocuencia y sobre todo claridad que la oposición más radical a la transición de género había emergido de un sector del movimiento feminista, el de la diferencia. *Esas pensadoras*, explicó la ponente, *elaboraron una sensata objeción a las feministas de la igualdad, que en su lucha por la paridad de derechos y deberes y la necesidad de acceder al poder a través del voto, no presupuestaron las necesidades específicas de las mujeres de su época, pero*, continuó, *algunas de las feministas de la diferencia dieron un paso en falso y se sumieron en un determinismo biológico que exaltaba la reproducción y la maternidad como prerrogativa de las hembras, y de ahí al esencialismo había un paso aún más corto. Caída libre en el* ideal *femenino.*

Era para pararle los pelos a cualquiera, pero Lina, desatendiendo la charla, se dijo que acaso este fuera un mero desvío de aquellas feministas. Un tropiezo enmendable. Un caer antes de levantarse y reformular. Todo estaba cambiando siempre, era crucial ajustar las ideas. El pensamiento, como las lenguas, como los cuerpos y el deseo, estaba vivo: se agitaba y crujía, avanzaba y retrocedía, resbalaba, se iba transformando. Y esas feministas que tan fieras se oponían a la transición eran capaces de repensar sus posiciones y cambiar de postura, caviló la quiltra forzándose al optimismo.

Sí, por supuesto que podían cambiar.

Si solo comprendían que nadie era solo hembra o solo macho, que la estructura biológica era apenas un dato, y el género, culturalmente construido, apenas otro, y otro el deseo; y que la filiación afectiva y la posición ideológica eran aún más datos en la compleja creación de una identidad que tampoco podía ser permanente.

Si solo se metían en la cabeza que las transicionantes no pretendían *borrar* a las mujeres de la agenda pública ni *anular* sus luchas históricas sino ser aceptadas como mujeres ellas mismas y sumarse como aliadas en las reivindicaciones mujeristas.

Si dejaban de verse como las únicas vulneradas y confirmaban en las trans, como mujeres por preferencia, y en los trans, como mujeres renegadas, que les iba aún peor: eran la comunidad más vulnerable. Vulneradas por otros y por sus propias manos: era tan alta la tasa de suicidios en esa comunidad que recién empezaba a asumir que no era ni homosexual, ni bisexual, porque no se trataba de a quién cada cual deseaba sino de quién era.

Cambiarían, Lina estaba segura.

Si comprendían que las prisioneras trans solo podrían sobrevivir en cárceles de mujeres, porque meterlas en las de hombres era una sentencia de muerte.

Si interrogaban las categorías que reproducen las relaciones de poder.

Si ampliaban su definición de mujer.

Si aceptaban compartir lo que habían conseguido, tras décadas de lucha.

Si votaban, como habían hecho las privilegiadas alumnas de los *colleges* destinados a mujeres en los Estados Unidos, para recibir en sus aulas a hombres trans, que no revestían peligro, y a mujeres trans, que, de acuerdo al voto mayoritario, tampoco.

Sí, era posible.

Si dejaban de imaginar (no había cifras que confirmaran sus temores) que las trans iban a usar sus penes para violar a las hembras en los baños públicos en vez de para desaguar. ¡Sus penes! ¡Si tantas de ellas repudiaban el triste pellejo que llevaban entre las patas y querían hacerlo desaparecer! ¡Si las que se sentían cómodas con su miembro todavía eréctil no querían dañar a nadie con él! ¡Si estaba documentadísimo que un violador era alguien que ostentaba su virilidad como un arma de dominación y de castigo, no de calentura! Y además, ¿desde cuándo pedían los depredadores permiso para entrar en un baño público? Tendría que imponerse una policía genital, como sugería la Rowling: por apariencia las únicas que arriesgaban ser atajadas en la puerta de un baño eran aquellas mujeres que vestían como hombres. No las trans que solían ir tan femeninas.

Sí, podían cambiar, nada de eso tenía sentido.

¿Y la protección de las infancias trans? Esa preocupación dizque progresista para imposibilitar la transición… A la quiltra le indignaba que se usara la protección de la infancia como escudo de tantas causas. ¿Cómo era posible que ciertas feministas se levantaran contra el uso de bloqueadores hormonales en la niñez, pero encomiaran los anticonceptivos hormonales que tomaban millones de muchachas? ¿Se les olvidaba que la insulina y la tiroxina, que sostenían miles de cuerpitos deficitarios, eran hormonas? ¿Y la melatonina que ayudaba a los insomnes de todas las edades a conciliar el sueño?

Sí, sí, por supuesto podrían entenderlo, podrían dejar de pensar paranoicamente, o peor, conspiranoicamente.

La quiltra había llegado a estas conclusiones mientras se internaba en su propia transición, leyendo mucho y meditando, morosa, como merecía el enrevesado asunto. Escuchando con cuidado las experiencias íntimas de transición, había despejado sus dudas anteriores y comprendido que para todo ser no-normativo (otro palabro, pero cómo evitarlo) el único peligro era y seguía siendo el patriarcado. Se lo había oído decir a una stray dog no-binaria de patas fuertes, la albísima Butler: «No vamos a estar de acuerdo en todo, pero no debemos olvidar quién es el enemigo». Esa línea era su consigna: las alianzas no excluían el desacuerdo y la diferencia, pero exigían sustentar valores solidarios en la acción política. Y si ella, Lina, podía evitarlo, jamás se le sumaría al adversario.

La sacó de su momentánea distracción el bramido del auditorio.

La Suárez-Tomé, que llevaba buen rato teorizando desde el activismo, había escalado en el tono: su voz áspera dejaba de expresarse como titubeo y se enunciaba con una certeza trepidante: *Se llaman a sí mismas feministas radicales pero ese discurso transexcluyente no es radical ni disidente*, decía. Sus compañeras de mesa, la tapir que moderaba, la pantera Cooke y las otras dos ponentes, una búfala muy pecosa y una cerda desmesurada, se plegaban al rugido del auditorio. *El transexclusivismo se inscribe en los contextos homofóbicos, clasistas, racistas y punitivos.* Y agregaba que las terfas estaban impidiendo la democratización de derechos sexuales que debían ser universales.

Suárez-Tomé esperó a que decayera la bulla para anunciar que, a continuación, ilustraría el libreto tránsfobo en la obra de Canín, cabecilla de la transfobia latinoamericana.

Partió por subrayar la incongruencia de Canín de declararse feminista y a continuación desdecirse (no era feminista sino mujerista en el sentido estricto, acotó Suárez-Tomé). Y la criticó por haber utilizado en su escritura la «categoría sociológica de *género*» para negar su existencia después (solo creía en el sexo). *En eso coincide con otras tránsfobas*, apuntó la ponente. *Las feministas que descartaron la biología y avanzaron la teoría de género ahora solo creen en la categoría biológica del sexo, sostienen la «verdad última» de la vulva, la vagina, el útero, las trompas y los ovarios, y, no me olvido, como decía antes la compañera Cooke, las hormonas… Como si ser mujer pudiera reducirse a eso.*

¿Qué más da si un genital está hecho de carne o construido en una sala de operaciones?, estalló una voz agreste a la que se sumó otra: *¡Qué más le da a Canín qué sea yo! ¡Por qué podría importarle mi trompa! ¡Mis pezu-*

ñas! *¡Mi joroba! ¡Mis ubres!* Otras voces vibraban. Otras las acallaban. Se hundieron en un ansioso cuchicheo y Suárez-Tomé aprovechó esa situación para lanzarle a la sala un asunto que cayó como un puñado de pienso: *En aras de esa «verdad biológica absoluta», de esa verdad que excluye todas las otras, Canín niega la existencia de hombres trans y de hombres embarazados. Se ensaña con estos últimos: siguen siendo mujeres si pueden gestar.* Se sintió un rumor en el auditorio que se acrecentó cuando Suárez-Tomé dijo: *Canín incluso ha acusado a la comunidad trans de estar comprando identidades. ¡Y cuerpos! ¡Y óvulos! ¡Y espermios! ¡Y vientres! Comprándoselo todo en un capricho capitalista. Esa es otra de las acusaciones en el libreto transexcluyente.*

¿La identidad y todos sus componentes como objeto de consumo? Era como si ahora todo el ejercicio crítico, de un lado y de otro, se redujera a apuntar contra el capitalismo, contra el capitalismo de los demás, sin embargo, porque entre las terfas más iracundas había feministas liberales que también *compraban* óvulos, espermios, vientres. Y maquillaje de marca y perfumes caros y bisutería. Y ropa que debía realizar la *verdadera* mujeridad. Y, como las trans, muchas tránsfobas se hacían la plástica y se ponían bótox para *reconocerse* ante el espejo, el mismo bótox, la mismísima silicona que usaban los transicionantes para verse como eran. Y había feministas transexcluyentes que tomaban hormonas defendidas como legítimas porque eran para combatir la esterilidad o para paliar los horrores de la menopausia.

«Todo esto se presenta como sentido común, pero se basa en distorsiones y falsedades, y lo que es peor, carece de toda profundidad crítica. Son formulaciones que no resisten análisis», decía la ponente. Sus compañeras de mesa volvían a asentir. En vez de monologar, Suárez-Tomé parecía estar dialogando con la delgadísima pantera y la búfala y la cerda y desde luego la tapir, y con cada ser en esa sala incluyendo a Lina, la quiltra.

Un rinoceronte irrumpió para manifestar, citando confusamente a Cooke y a Suárez-Tomé, que *si unas tenían vulva, vagina, útero, trompas y ovarios, y las otras pene y testículos y lo que fuera, en qué se diferenciaba la biología de un león de un oso de un humano de un ratón, la de una perra de una coneja. ¡En todo y en nada! ¡Pero sin duda respondían a otros nombres!* Y aunque ese alegato fuera susceptible de aclaraciones, la animalada no demoró en reaccionar con un entusiasta vitoreo.

Contra la verdad absoluta del cromosoma y de la genética, intercedió la cuzca porteña desde su mesa, *lo demás aparece como mera moda*, recalcó, *o como disfraz* (la quiltra sintió en eco la palabra «emperifollar»). *Ese querer dictar norma sobre los cuerpos de otros, como se sigue haciendo con nosotras... Y aún más grave, ese frivolizar la identidad*. «Eso es trivializar lo que implica ese proceso tan complejo», añadió, citando a Natalie Wynn, la podcastera trans.

Fíjense, fustigó pedagógicamente, *que un conocido adagio del siglo xiii español acertaba que, aunque la mona se vistiera de seda mona se quedaría, proponiendo así que la naturaleza de la mona no se podía ocultar ni bajo un vestido ni, pongámosle, una peluca. Es, palabras más palabras menos, lo que propone Canín*.

¡Mona maldiciente!, chilló una, manoteando como un chimpancé, y desde más atrás la cebra se involucraba con un *¡si hasta nos ha calificado de fascistas! ¿Fascistas?*, exclamó un oso panda un tanto escuálido. *¡Tal cual!*, acotó un ser atigrado pero la elefanta intercedió: Canín había pedido disculpas di-

ciendo que quiso decir «fanáticos». *¡Qué manera de arreglarlo!*, corearon otras mamíferas al unísono y alternándose se complementaron: *¡No le hemos quitado nada! ¡Por qué ridiculiza nuestra necesidad de reconocimiento! ¡Por qué nos trata como si fuéramos el enemigo!*, escupió una llama. *¡Por qué elige cuestionarnos habiendo tanta violencia que denunciar, tanto adversario que pelear, tanta catástrofe digna de saliva!* Se les iba yendo la paciencia mientras aumentaba la angustia. *¿No entiende que nuestras vidas están en juego?*, imploró una voz dentro de otras. *¡Funémosla!*, exclamó furibunda la mandrila mientras una jirafa, enmudecida por falta de cuerdas vocales, la secundaba sacando su larguísima lengua y limpiándose por dentro las orejas. *¡Debemos cancelarla!*

Eran chiflidos lacerantes que la cuzca fingió aplacar con un gesto indeciso.

La moderadora intervino: su acento resonó en el micrófono. *El insulto no debe ser nuestra estrategia, compañeras, la cancelación tampoco.*

Y Lina escuchó en ese mandato más ruego que recomendación.

Hay que refutar los prejuicios de Canín y de todo ese feminismo «radical», pero hacer-

lo con argumentos sólidos, agregó la tapir, *demostrar por dónde flaquean los eslóganes del terfismo…* Y tosió un poco para aclararse la trompa de flema e insistir. *El odio, por más justificado, corrompe la calidad del debate. Cancelar no hace desaparecer los prejuicios sino al contrario, los alienta, los encumbra, y peor, permite que las canceladas se erijan como agredidas y oculten lo que en verdad son, agresoras. Hay que practicar la refutación de esos prejuicios con ideas, refutar esos recelos desinformados con información. Vivimos en sociedad, colegas, no en un parque zoológico. Monologar entre nosotras no nos sirve políticamente*, insistió, y la quiltra se puso de pie para aplaudirla.

+++

Se sentó junto a Luna que venía despertando y le dijo que se había perdido un duro debate. Pero Luna, adormilada, no le hizo caso. Ya le contaría cuando se le pasara el letargo, pensó la quiltra, necesito que esté bien despierta. Escuchó que preguntaba: *¿maternidades…?, ¿animales?* Con el cuello torcido leía el título del libro que Lina había aprovechado de pedir. *¿Estás escribiendo sobre maternidades* *otra vez?* Y echando un bostezo, *¿qué te pasa con la maternidad?*

Nada, dijo Lina.

Cómo nada, dijo Luna, *escribiste una diatriba contra los hijos y sigues leyendo sobre el asunto… Perdóname la indiscreción, Lina, ¿no te esterilizaron en la perrera?*

Así es, carraspeó Lina, *pero ¿qué tiene eso…?*

Se interrumpió al ver pasar por su memoria al camión municipal con sus perreros: la policía de la moral canina que certificaba que las quiltras tuvieran sus vacunas antirrábicas al día, que anduvieran espulgadas, y que, hechas prisioneras, fueran castradas «por su propio bien».

Ni siquiera me notificaron lo que me iban a hacer, y pensando en esa intervención se me llena el hocico de espuma; por otro lado, ante lo poco que se respetan nuestros cuerpos en celo y la imposibilidad del aborto, estar esterilizada me dio a la larga una cierta paz… Me permitió estudiar y escribir y ganarme después, es decir ahora, la mísera carne de cada día.

¿No te has fijado, continuó, *que casi todas las que escribimos no tenemos crías?*

La Enríquez, tan aperrada ella con su trabajo, nunca quiso ni tener crías ni ser perra… No le gustamos, o mejor dicho, nos teme, o

*mejor dicho, le teme a los perros mordedores.
Escribió en* Alguien camina sobre tu tumba *que tiene un trauma de infancia con la especie canina. Dice haber visto, una tarde, cómo el «aparentemente inofensivo perro de una familia vecina le saltaba a su dueña a la boca y le arrancaba los labios de un tirón, y después se los comía, en el piso, como si fuera carne picada». Pero eso es pienso de otro costal. Regreso al asunto de maternar. La fornida Schweblin tampoco tiene crías de ninguna especie. Entre nos te cuento, me confesó que siempre quiso ser* calle con avenida, *como dice la Schweblin que nos dicen allá, en su país, o* marca perra, *porque «los canes cruzados son más fuertes que los pura raza, menos enfermizos», y me contó que soñaba que así podría por fin «poner el cuerpo y guerrear en la calle». Pero no quiso ser madre porque tiene una escritura que cuidar. Pero descuida, Luna, no voy a hacerte el repaso, tú debes saberlo porque escribiste sobre las contemporáneas de Ferré, la Peri Rossi, sin ir tan lejos. Son todavía pocas las de mi camada que engendraron y empujaron una carrera literaria, y aquellas que pudieron han tenido arreglos muy particulares para solventar la crianza… pero te ahorro los acomodos privados de mis colegas.*

Luna no le recordó a Lina que ella fue precoz en su preñez y que, en ausencia de su madre, muerta antes de tiempo (no muerta, *asesinada*, se corrigió), había contado con la colaboración de otras chuchas comunitarias cuando no la sacaba de apuro la eventual criada cachorrera que cobraba tan caro, por horas. No le dijo que el padre de su cría se había hecho cargo de paternar, al menos mientras estuvieron en el mismo corral, y ahora, de cuando en cuando. No le comentó que criar le había enseñado a ella que el cuidado era político. Se quedó masticando todo aquello decidida a no contarle a Lina que, siguiendo ese razonamiento, su Asociación en Defensa de los Derechos Animales había logrado ilegalizar la castración forzada de las sin pedigrí así como la costumbre de capar a los perros.

Se le ocurrió que Lina, sabidamente contraria a los mandatos reproductivos, llevaría la conversación a la maternidad impuesta que tantas padecían y a la idea de que ese había sido el modo de impedir el auge de las perras-ensayistas, de las perras-novelistas, poetas o dramaturgas que ahora amenazaban con devorarse las becas y los premios que antes se reservaban para los perros. Era un hecho comprobable que la transformación del campo cultural no estaba ocurriendo de manera espontánea. Si la escritura canina estaba en alza era porque el caninismo, en alianza con las quiltras abortistas y las perras leguleyas que protegían y defendían a las cánidas, llevaban tiempo empujando sus escrituras. Si hoy ellas eran ubicuas en los festivales y los congresos, si eran leídas, si por todas partes se hablaba de ellas con admiración, no era solo por la contundencia, calidad y contribución de sus obras sino por el trabajo histórico de ese movimiento.

Es cierto. Por todas partes se está celebrando un boom de escritoras.

Lina se rascó la ingle, picada, por cierto, por una pulga impertinente. Sabía de ese festejo, y le contó a Luna que acababa de leer una nota muy extensa donde Guerriero, la más terrier de todas las periodistas, describía desconfiadamente ese fenómeno centrándose en las emergentes pero no solo. Leyéndola (Lina se confesaba ahora con Luna) la quiltra se había sentido excluida. En el reportaje su nombre asomaba apenas un par de veces, tan de paso como el de Fernández (esa cruza de galga que seguía la huella de los detenidos desaparecidos humanos y perrunos), tan de paso como el de Costamagna (quien, junto a su hermana, contaba quiltros en las carreteras de *Animales domésticos*). Ambas eran de su camada. Ambas superaban ya la mediana edad. Ambas sumaban suficiente obra como para relucir en el listado de Guerriero aunque muchas más publicaciones tenía la Divina Garza, quien, pese a estar emparentada por apellido con los flamencos y las cigüeñas, era una xola mayor: poeta, prosista y pensadora adelantada pero disminuida en ese catálogo.

Había ahí una sobrerrepresentación argentina, se dijo Lina, intentando rechazar su resentimiento chileno. Luna se sintió igualmente contrariada por la omisión de autoras ibéricas, pero subsanó ese sentir dándole una diestra dentellada al aire para cazar un moscón que revoloteaba a su alrededor. Se lo tragó antes de conciliar con Lina que las listas eran nada más que eso, conjuntos arbitrarios, recortes temporales y personalísimos, y que la ausencia de la Divina y de tantas autoras seguro se compensaba en listas elaboradas en otros lugares. *Además, Lina, tú sabes mejor que yo que escribir es internarse en un campo expuesto e inestable donde los nombres entran y salen y entran, y bajan y suben y a veces acaban por perderse. Y sabes, porque tú misma me lo has dicho, que debemos renunciar a la vanidad del nombre propio para asegurar la permanencia del colectivo de escritoras. Lo que debe interesarnos es observar cómo se mueven las autoras en el cambiante campo literario, vigilar sus cercos y sus trampas, sus venenos, su carne revuelta con vidrio quebrado. Lo que importa es que el reconocimiento a las escritoras, tan tardío, transforme de una vez por todas, y para siempre, la escena cultural.*

Es una vida muy perra la literaria, contestó Lina de malas pulgas. (Era mejor el *malas pulgas* para su enfado que el *pateando la perra* de su país). Lo más sobrecogedor era que las entrevistadas se quejaban de que, premiadas o no, becadas o no, leídas más que menos, ahora, se las seguía arrinconando en paneles para que hablaran entre ellas de la menstruación y la maternidad y la menopausia. Como si ellas solo quisieran hablar de las fases de su potencial reproductivo; o más insultante, como si las escritoras no tuvieran una literatura que comentar con sus pares, como si no pudieran producir ideas, como si sus libros no contuvieran, como toda gran obra, una filosofía propia.

Si sus temas habían sido antes demasiado privados o demasiado domésticos o demasiado corporales o demasiado lo que fuera, los temas actuales continuaban sin reconocerse como parte de la tradición universal. Esa era una forma de violencia solapada que muchos menospreciaban.

¿De qué se siguen quejando, si ya tienen perro que les ladre? Eso les dicen, dijo Lina.

Y ellas qué dicen, dijo Luna agitando la trufa.

Las cachorras vociferaban de vuelta que sí, que por fin sus libros recibían buenas críticas, que por fin incluían sus libros en listas de recomendados y sus pares las mencionaban en entrevistas, dando cuenta de que por fin las estaban leyendo *–antes solo había una en esas listas, antes esa* única *escritora recomendada cumplía con el requisito de ser extranjera y estar muerta, es decir, de no competir*, explicó Lina–, y continuó con que el problema seguía siendo que no vendían bien y no vivían de su escritura como sí vivieron, y muy cómodamente, los coyotes del boom que por lo demás contaron con una compañera dispuesta a servirlos a todas horas y a resolver cada una de sus contrariedades… Si sus libros no conseguían lectores, pronto las iban a dejar de publicar y serían «barridas por la escoba de la historia» (esa frase era de Sanz), tal como sus predecesoras.

Luna soltó la lengua, preocupada.

Al verle la cara, Lina cerró el hocico. Procuró producir algo de baba porque tenía la lengua reseca: era un aire áspero el de Madrid. La ansiedad de las cachorras era más que legítima: en sus años de la perrera la quiltra había descubierto cuán extraordinaria había sido la generación anterior, cuán ilustre y reconocida en su época, y sabía asimismo que ninguna de sus obras había quedado para los volúmenes escolares ni menos para la posteridad. Las críticas habían tenido que rastrear y escarbar la tierra para dar con sus libros, para leerlos y escribir sobre ellos, reeditarlos, volver a hacerlos circular.

Era para aullar de la desesperación.

Luna la miró de reojo con no poca aprensión, pero en ese instante salía de la biblioteca un San Bernardo que cargaba, enrollados en su collar, dos manuales de socorrismo y emitía un aroma a sudor tan intenso, tan humano, que a Luna le vibró de asco la sensible nariz. Y si volvió a la conversación fue porque el tema la abrumaba más que la pestilencia del can alpino que descendía la escalinata y se perdía por las aceras.

Es una vida muy perra la literaria, repitió Lina con la voz arrugada.

No me digas, Lina, que no te alcanza con tus tantos libros publicados y tus tantas traducciones... ¿Ni siquiera de vieja te alcanza?

La quiltra gruñó. *Me iba alcanzando un poco más pero ahora estoy jubilada, entonces vuelve a ser difícil... Siempre ando a la siga de algún premio, porque la escritura paga mal, sobre todo la escritura en castellano. Otro gallo me cantaría si escribiera en inglés... pero mi inglés no da para escribir y el castellano no da para cuantiosos adelantos.*

Luna se fijó en las extremidades de Lina siguiendo una sugerencia de la chilena Oyarzún: «Si quieres saber qué vida ha tenido una perra, mírale las patas». Y lo que vio fueron patas peludas y enlodadas, dorsos pelados, astillas incrustadas entre los dedos, alguna uña rota; y supuso que las almohadillas estarían gastadas o heridas. Eran patas tan distintas a las suyas, patas patéticas.

Espero que tu malvivir sea solo económico, suspiró Luna, *y no como el de las Garro, acusadas de todo, lanzadas al exilio, y publicadas en este coñazo de país, ellas, es decir, la mismísima Elena, como «mujer de Paz, amante de Bioy Casares, musa de García Márquez y admiradora de Borges». ¡La editorial española que pretendía vender sus li-*

bros vendió su relación con los hombres…!
¡Completamente humillante!

*¿Y viste que hace muy poco la otra Elena,
la Poniatowska, iba a ser homenajeada en una
revista estadounidense, y que la foto de apertura era de ella colgada del cogote de Gabo?*
(Lina no pudo evitar sonreír: qué «conchu-
da» llamar así a García Márquez, hubiera
dicho la Canín). *¡La Poniatowska de cacho-
rrita fan!*

¡Perrita faldera!

*Y eso que no ha declarado perridad al-
guna…*

¿Pediste que cambiaran la foto?

*Puse el ladrido en el cielo, Luna. Porque
fíjate que guardando las distancias que me
separan de la gran Poniatowska, me pasó
que en una entrevista peruana me pregun-
taron por Vargas Llosa y yo dije, por educación, que me habían apasionado sus pri-
meras novelas. ¿El título de la nota? «Tuve
pasión por Vargas Llosa». ¡Un atentado pe-
riodístico!*

*Ah, Lina, yo creía o quería creer que esas
eran cosas que les tocaban a las míticas Mis-
trales y Pizarnikas, y otras desconocidas
sobre las que he escrito, como sabes, en mi*
Coloquio de las perras; *que le sucedía a las*

Agustini y las Storni, las Hilst y las Brunet, a quienes no alcancé a meter en mi libro; a las Amor y las Odio, que tan olvidadas están, y hasta a las Ferré y las Ocampo, ambas perras pudientes que igualmente tuvieron que hacerse notar en el campo cultural a ladrido limpio, o dejándose el culo… Y ahora pienso con pena en lo que Ferré decía, que las cosas estaban cambiando. Tres décadas después no han cambiado tanto. ¡Qué desgracia! Te digo todo esto y me da un hambre canina. Me suenan las tripas, gimoteó Luna incorporándose, *vamos a buscar algo de comer. Hay una taberna aquí cerca donde suelen dejarme las sobras del menú.*

La quiltra aceptó la oferta porque ella, más que frecuentar restoranes o cocinas traseras, solía darse la vuelta del perro por la ciudad y casi siempre acababa metiendo el hocico en un cubo de basura dado vuelta, esquivando bolsas de papel y cajas de tetrabrik, o hurgando en algún basural periférico, disputándoles a las aves carroñeras y a las ratas algún resto de comida. Era menos peligroso que hacer perro muerto e irse sin pagar, tener que salir por piernas. Lina ya no estaba para esos trotes.

+++

Se escabulleron por una vía lateral y dieron más zancadas de las esperables en busca de la taberna: debían haberse alejado demasiado. *Arrastra tu olfato por la brisa, Luna*, sugirió Lina, *la vista para orientarse no vale una mierda.* Y Luna asintió levantando la cabeza e inspirando profundo el polvo suspendido y la irritante polución del aire, la amargura del café, el efluvio dulzón de los hornos de pan y la grasa quemada de las sartenes. Orines amoníacos. Óxido de bicicletas amarradas en una esquina. Sudor picante de camisas sucias, colillas rancias o acaso enmohecidas, rosas marchitas en algún florero junto a un ventanal. Y un tufo a ajillo que en ese mareo de aromas transeúntes acabó por encaminar a las perras por las estrechas calles del centro. Sentían el pulso del cemento en las patas, pero no apuraron el paso: se detenían a olisquear los muros y las veredas, la maleza que crecía a borbotones en los bordes del pavimento.

Lina aprovechó el desvío para resumirle a Luna las charlas que había presenciado en la biblioteca y todo lo de Canín, que a Luna le resultó tan espantoso como a Lina, y lo que se debatió hacia el final de la larga ponencia de Suárez-Tomé: el reclamo de la terfa de que su «cuestionamiento a las políticas identitarias» hubiera provocado la cancelación del contrato de edición de dos novelas suyas. *¿Dos?*, resopló Luna. *Dos*, recalcó Lina, y Luna, *¡¡joder, no es poco que te suspendan dos libros!* La editorial, siguió Lina, había resuelto restar a la autora de su catálogo, por más que esas novelas no aludían a la identidad ni a transicionantes de especie alguna. Pero la editorial consideró que la sola promoción de los libros podía prestarse para que Canín defendiera ideas que los editores y los autores de la casa rechazaban.

Se había armado una trifulca entre quienes coincidían con las opiniones de Canín y quienes, sin coincidir, abogaban por que expresara su posición. Había novelistas no terfas, vilipendiadas por defender a la terfa. Había lectoras que debatían si lo de Canín calificaba o no de terfismo y si usar esa sigla no era un modo de ningunearla, sin saber, acaso, que la propia Canín se asumía así. Había editoras debatiendo si lo ocurrido era o no censura, si era o no cancelarla, si podían permitirse otra autora silenciada. Y escritoras preguntándose si le hubieran hecho lo mismo a un perro por comentarios homófobos, por ejemplo, o misóginos, por poner otro. No faltaba quien dijera que toda incitación al odio debía acallarse.

¿Y tú qué opinas de semejante zafacoca?, inquirió la chucha, esquivando un pivote y apretando el paso porque la susodicha taberna ya asomaba a la vuelta de la esquina. Se echaron a correr. Esquivaron una fuente de agua. Se acercaron jadeantes a una palangana rebosante de restos. Luna se abalanzó seguida de Lina: había de sobra para ambas. La chucha devoraba veloz. La quiltra comía con lentitud porque le faltaban algunas muelas, pero sobre todo porque su placer y su pensar estaban reñidos con la inmediatez. Iba intercalando, entre demorosos bocados, una disquisición sobre si la cachaca había sido o no cancelada. *Querría definir primero los términos*, dijo, y citando a un tal Torné comentó que cancelar era «retirar el apoyo moral, financiero, social y virtual» a alguien «cuyos comentarios o acciones se consideraban inadmisibles».

Luna levantó los ojos y le enterró una mirada carnívora. *Eso ya lo sé, Lina, sáltate la didáctica que yo también leí ese ensayo… Lo que no queda claro es qué implica ese verbo resbaloso, el de* retirar… *¿Cuán total y defi-*

nitivo debe ser ese retirar *para que podamos calificar lo sucedido de cancelación?*

Lina hizo crujir un hueso meduloso pero lo soltó al instante para decirle que mientras hablaba la Suárez-Tomé, oyó decir, por debajo de una caparazón, que la editorial no había reclamado la devolución del adelanto pagado por los libros. Una voz marsupial aclaró que otra editorial publicaría esos libros. Y otra voz, un balido ovejuno, sugirió que una editorial era un proyecto regido por el gusto de sus editores y por afinidades estéticas e ideológicas que siempre iban juntas. Si esa afinidad desaparecía, se acababa la relación.

Pero eso no es todo, dijo Lina apartando un pedazo de pulpo, por chicloso y por admiración a la brillantez de ese molusco de mar. *Recordarás lo que señala el tal Torné…* siguió mientras Luna acometía unos trozos de merluza frita. *Ya sé que lo leíste y que recuerdas su argumento, pero mientras tú te afanas en lo que queda, esas lentejas con chorizo, permíteme el placer de reiterar lo que dice: que la cancelación está siendo esgrimida por seres privilegiados que no reconocen su privilegio, y usada hasta por seres que sin ser tan privilegiados cuentan con ventajas al defenderse* de argumentos adversos. *El privilegio es sin duda relativo, pero aun entre grupos con menos privilegio hay algunos con más presencia al acusar a sus críticos de «políticamente correctos, extremistas, demagogos y enemigos de la verdad». En su ponencia, la Suárez-Tomé* (qué trabalenguas Torné y Tomé, pero eran esos sus nombres), *en su ponencia,* repitió Lina, escupiendo trocitos de tortilla pegados a los dientes, *la Suárez-Tomé subrayó que la Canín reclamaba precisamente eso, estar hablando con la verdad y estar siendo amenazada con una mordaza… Canín se postula como una mártir que se pronuncia, con épica valentía, en nombre de quienes callan.*

Eso es dar vuelta al sentido de las cosas, farfulló Luna con el hocico lleno.

Y es erigirse en figura crítica por sobre la tontería de los demás, como si los demás no entendiéramos nada. Pero como acusa la Suárez-Tomé, ella no parece haber ni leído ni digerido la teoría cuir: no cita ninguna fuente. Lo suyo consiste en remitirse punto por punto al libreto terfista y trabajar con intuiciones, pero una intelectual debiera poner a prueba sus intuiciones, corroborarlas en el estudio y la experiencia colectiva. ¿No es eso lo que hacemos, Luna?, ¿escribir ensayos para ir más allá de nosotras mismas, para examinar los hechos, para sopesar los argumentos antes de definir nuestras posiciones?

¿Y cuáles son esas posiciones tuyas? Luna había separado el hocico de la batea y se relamía dibujando la provocación en sus labios.

Mi postura… Me falta pensarla un poco más pero tentativamente hablando y entre nos… esto.

Opino que la Canín ejerció su derecho a expresarse y que la editorial hizo lo propio, ejerció el derecho a separarse de una voz que contrariaba la suya.

Opino que esta acción no la perjudica: ella tiene espacios donde emitir sus ideas y una multitud de fans, y sus libros circulan sin más obstáculo que los de cualquier otro libro publicado por una mujer, si no más, porque su obra está en sellos internacionales.

Y opino, siguiendo la propuesta de la moderadora del panel, que a nosotras nos toca afinar los argumentos para refutar sus prejuicios.

Opino que la refutación posibilita aprender y enmendar e incluso incidir en la materialización de determinadas leyes, porque en algún momento concluirá la cháchara y habrá que proceder.

Es decir, dijo, *opino que refutar es una instancia menos punitiva y más pedagógica y por lo mismo más política. Y opino que, al margen de estas opiniones, no se puede permitir que ella se presente como víctima mientras niega odiosamente el derecho a existir a las verdaderas víctimas de la violencia. Eso es aprovecharse del lenguaje: ella ha sido criticada y amonestada, no victimizada.*

Esa distinción no es trivial.

Es fundamental.

Y aún más fundamental es calibrar el uso y el abuso de la victimidad.

Luna se detuvo en el imperativo ético que contenían esas palabras y pensó que, si le hubiera quedado piel, se habría hecho tatuar esa frase en el pecho. En las garras. En los huesos.

Pero no nos desmoralicemos, añadió Lina al ver que Luna no decía nada, suponiendo que la había agobiado con su modo tan categórico, más madrileño que santiaguino. *Estoy convencida de que Canín y las demás adversarias acabarán por perder sus temores y sus odios y se sumarán a las causas que importan.*

¿Tú crees?

Lina disimuló sus dudas y le aseguró que los prejuicios eran piedras que el tiempo acababa erosionando.

+++

Apoltronadas en una plazuela solitaria, bajo la sombra de unos árboles encallados en la tierra, asimilaban el festín que acababan de darse. Lina, sin embargo, no encontraba descanso: se sacudía, entornaba la cabeza y torcía el cogote dirigiendo su atención al vecindario.

¿Qué pasa?, curioseó Luna echando un vistazo receloso a su alrededor. *Estás como perra que se muerde la cola.*

No sé, musitó Lina, *o más bien sí sé. Se me metió el miedo. Tú sabes, Luna, a una le han pasado cosas… No dejo de encontrarte razón con lo de no dejarse acorralar por el miedo, no dejarse paralizar, pero eso no significa que una no tema, que no se proyecte sobre las pares…, y sobre ti, que ya no eres tan lince. Y tenga miedo. Y sienta una furia atroz. ¿Dónde está la voluntad política de acabar con la violencia contra nosotras? ¿Dónde una política pública que termine con ella? ¿Hasta cuándo se permitirá traducir esa violencia como «pasión»? ¿Usar la pasión como adjetivo atenuante en el «crimen pasional», como pasó con tu mamá? ¿Cuándo se prohi-*

birán los titulares sensacionalistas del tipo «la mató por amor», o peor, «la maté porque era mía»?

La chucha se le acercó para darle un lengüetazo en la cara, intentando aquietarla como hubiera querido con la madre que le habían matado. *Pero no sé qué podríamos hacer…*, murmuró, *más allá de lo que ya hacemos. Al menos estamos abriendo el lenguaje: hasta hace una década no hubo palabras para el femicidio, más acotado, o el más sistemático y sistémico feminicidio. Estamos logrando ingresar esas palabras, que son realidades, a los códigos penales y a las sentencias y a la discusión pública y privada. Esto debiera provocar un cambio cultural.*

Sé que has trabajado mucho en esto, Luna, respondió la quiltra, *recogiendo los datos de cada asesinada y registrándolos en el «violentómetro» que propuso hace tanto la Divina Garza. Sé que eso ha servido para demostrar que el femicidio existe y es estructural, y para exigirle al Estado cambiar de estrategia para impedir que se siga multiplicando, pero una vez, y otra vez, y otra hembra muerta. Están muriendo demasiadas féminas fuera y dentro de los libros. Y las causas son siempre las mismas. Desconfianza y hasta ridiculización de la acusante. Sentencias atenuadas a los agresores. Desacato de las órdenes de alejamiento. Descuidos cuando no fallas en los sistemas de protección.*

A perra flaca todo son pulgas, dijo Luna con voz quebradiza.

No sé qué quieres decir.

Digo, dijo Luna explicándose, *que la violencia parece ensañarse más con las más vulneradas. Y las que sufren de violencia en su casa vuelven a sufrirla en el juzgado antes de sufrirla una última vez.*

Se quedaron mudas, mordiendo a desgano unas hebras secas de pasto.

Es lento, demasiado lento, pero por más que lo sea, insistió Luna, *no debemos desesperar ni menos abandonar nuestros esfuerzos. Debemos seguir, como perros de pelea si hace falta, para acabar con el terror de los coyotes.*

+++

¿Te das cuenta? Hemos estado esquivando el bulto, se atrevió a decir Lina un rato después. Corría una brisa fresca.

¿Qué bulto?, aguzó Luna enderezando una oreja.

El de la escritura, ese bulto. El hecho de que la violencia real que sufrimos está armada y amparada por la violencia simbólica.

Ese bulto... Luna sintió frío, de pronto. *No es menor ese bulto.* Y levantó del suelo húmedo las patas delanteras: estar echada no era el modo de entrar a ese otro tema peliagudo. Lina la imitó, se acomodó sobre sus nalgas.

No, no es menor, repitió Lina. *Y cuenta con una tradición literaria que cargamos a nuestras espaldas. Toda una tradición que embellece la muerte de las damas, como hacía Poe cuando aseguró que el tema «más poético en el mundo» era «la muerte de una hermosa mujer». Qué difícil nos ha sido salir vivas de los libros. Y sé que sobra decirte esto a ti, que eres tan lectora, pero déjame hacerlo por el puro gusto de rabiar: en la novelística del siglo xix toda mujer adúltera terminaba suicidada entre las páginas. Una podría decir, si fuera ingenua, que Bovary y Karenina se dieron una muerte voluntariosa, pero...*

Pero Lina, medió Luna tragando saliva, *algunas mujeres se suicidan en la vida real.*

Las mujeres y las hembras de todas las especies, replicó la quiltra encabritada, *pero la realidad del suicidio no es el punto. El punto es por qué tantas acaban muertas en los libros. El punto es que Flaubert y Tolstói decidieron confirmar el juicio moral y el castigo social de la época a las insumisas en vez de cuestionar los roles a los que se las sometía. El punto es que, en esas y otras novelas, acaso menos conocidas, siempre se las sentenció. El punto es que esos libros eran leídos mayoritariamente por mujeres que quedaban alertadas de lo que podría pasarles si osaban transgredir las normas.*

Quedaban inhibidas, meditó Luna.

¡Intimidadas…!, arremetió Lina restregando la tierra, arrancándole raíces con las garras para aplacarse. *¡No les dieron otra salida que el morir! Y cuando no se trató de muertes por propia mano* (en cumplimiento de un mandato, especuló Luna para sí), *fue un asesinato a manos de un macho, o peor, una masacre a manos de muchos.*

Exacto, tú lo has dicho, aprobó la chucha, *pero antes que tú lo ha dicho la Segato* (ese ser gato, completó Lina). *Todas esas muertes simbólicas son verdaderas «pedagogías de la crueldad» que «enseñan, habitúan y programan» a los machos a convertir a otros en objetos de su violencia o de su consumo. En esos actos reafirman su posición dominante, no solo ante sí mismos sino ante sus pares.*

Y *para eso sirven los disparos y las cuchilladas y los mazazos*, entremetió Lina, *las hachas, las manos alrededor del cuello, la descripción de desnudos sangrantes y cuerpos descuartizados, expuestos con una crudeza que nos deja a todas sin aliento.*

Estalló en ladridos iracundos sin atreverse a confesar que existía un escritor de esa calaña en su familia, un abuelo lejano a quien ella no conoció y de quien le bastó leer una novela, *El misterio de la estrangulada.* La portada exhibía el rostro de una mujer muy rubia, de labios muy rojos, de boca muy abierta, en éxtasis. Pero esa bella señora de la clase alta no estaba en medio de un orgasmo sino de una violación. Y había sido sofocada por su chofer, un hombre perturbado por su afición a las novelas eróticas. Un quijote retorcido, muy lejos de lo que había hecho Cervantes con la locura de la lectura. La de su abuelo era una clásica novela policíaca, una novela negra del siglo anterior, una novela de ese género conocidamente misógino lleno de muertas acusadas de ser demasiado sensuales o de practicar un amor demasiado libre. Y aunque la novela negra empezaba a eludir esas tramas, faltaba tanto para acabar con la ejemplaridad del asesinato femenino.

Luna le dio un empellón. *Oye*, exigió, *no te distraigas. Hinquémosle el colmillo al bulto.*

El bulto, rabió Lina, ya vuelta en sí, *el bulto es que los escritores siguen matando a las mujeres, a las que van de mujeres, a las que se sienten mujeres, a las que, como nosotras, fueron mujeres y ahora son perras. Hay tanta quiltra muerta en las novelas*, dijo, rememorando a la perra muerta por sobredosis en *Yo maté un perro en Rumanía*, de la chusca Ulloa, y recordando a las cánidas torturadas, por diversión y crueldad, en *Dame pan y llámame perro*, un inquietante libro donde el quiltro Poblete relataba toda suerte de terrores perrunos.

Hundió un poco la cabeza entre las orejas y admitió, Luna, que ese último libro no lo había leído, no creía que hubiera llegado a España todavía. Y el otro apenas le sonaba.

No importa, replicó Lina, *nadie ha leído todo y tú has leído más que muchos. Lo que importa, lo que es grave, lo que no debemos olvidar mientras examinamos lo literario, es que esas muertes de la ficción tienen un correlato en la realidad, donde día tras día mueren tantas de nosotras.*

Sí, repuso Luna.

Y todavía no se ha tipificado el canicidio.

No, *no se ha tipificado… ¿Pero no sería mejor usar ginecidio para aunar todos los asesinatos de las féminas*, propuso Luna, *y de paso elevarlos a genocidio? Son decenas de miles las mujeres aniquiladas en el mundo cada año, miles en Centroamérica, miles en México y por todas partes otras tantas eléctricas exterminadas.*

Eléctricas, dudó Lina creyendo que había oído mal.

Así les dicen allá a las perras mestizas, por ser corrientes… A Luna le divertía esta ocurrencia. *Me lo explicaron en Oaxaca hace no tanto. Es alucinante la de nombres que hay para nosotras repartidos en nuestra lengua: choca, chusca y cachuchín. Chula, churra, canchosa y cacri, que junta los inicios de callejera y de criolla. Y estos otros, más explícitos, cruzacalle, viralata, solovino y comecuandohay.*

Pero no canicidio, acotó Lina como si esa frase amarga fuera única en su repertorio.

¡Estamos en ello!, dijo Luna con repentina irritación.

Discúlpame, Luna. Más que pronunciar dos palabras fue un ladrido hosco lo que salió de su hocico. *Pero seguimos yéndonos por la tangente en vez de pensar, pensar juntas en esto, Luna, el papel que debiera jugar la literatura en la transformación del relato social y de la mismísima realidad. ¿Cómo debiéramos representar esa violencia? ¿Debiéramos escribirla? ¿Debiéramos aceptar que la escriban otros?*

Miró a Luna, expectante, esperando que cogiera esas preguntas al vuelo y corriera a devolvérselas en forma de respuesta. No fue así. No podía ser así. Como Lina, Luna necesitaba tiempo para desmenuzar preguntas difíciles, ni siquiera estaba segura de que a la literatura le correspondiera la función de resolver problemas de índole social: para eso estaban trabajando ella y las cachorras. En cualquier caso, si Lina le ofrecía que pensaran juntas, ¿por qué no pensar conversando? Pero la contrarió advertir que Lina no callaba: seguía sola en su soliloquio.

¿Es escribir la violencia sinónimo de denunciarla?

¿Es escribirla volverla un marco de acción posible para su ejecución real?

¿Es incitación al morbo la por otra parte magnífica Insensatez *de Castellanos Moya* (ese «perro que envejece», según dijo de sí mismo), *esa novela que describe en detalle la*

tortura genital sufrida por una mujer maya
en los años del genocidio guatemalteco?

Es un capítulo francamente atroz, se dijo
Luna, que había sufrido leyéndolo y leyendo
las masacres sucesivas salpicadas en otras páginas, pero recordaba haberse reído también,
haberse sorprendido al notar que la trama in-
vertía los roles de género y acababa contando
una historia de mujeres sobrevivientes y atre-
vidas que trabajan para paliar la catástrofe
mientras los hombres, acobardados y para-
noicos, huyen para salvar el pellejo.

¿Y cómo leer la apoteosis ginecida en «La
parte de las mujeres» en la enorme novela
de ese «perro romántico» conocido como Bo-
laño? ¿Cuál es el sentido de pormenorizar,
página tras página tras página tras página,
el daño sufrido por cada pedazo y órgano
de las cientas de descuartizadas por el nar-
co? ¿Nos narcotiza o nos alarma la acumula-
ción? ¿No será que multiplicar la escena vio-
lenta acaba normalizando otra idea, la de
que las mujeres están destinadas *a morir? ¿La*
de que ser mujer es sinónimo *de ser víctima?*
Porque como decía la grandiosa Pratt (parecía
que Lina no iba a callarse nunca) *la violen-*
cia está marcada por el género: quien violenta
es siempre un sujeto normativamente mascu-

lino, y quien recibe la violencia, sea hombre o mujer, acaba feminizado por ese acto. Es decir, decía la Pratt, la noción de víctima no solo se asocia simbólicamente y materialmente a las mujeres, ¡hasta la palabra víctima es femenina! Y la agencia, tanto la de ejercer violencia como la de proteger, sigue pensándose en masculino.

Lina había envejecido hablando, se había arrugado vociferando, la voz se le había encogido. Resoplaba y volvía a toser esa tos de vieja que llevaba pegada a la garganta.

Era su oportunidad de decir algo y Luna la aprovechó para decirle a la quiltra que tendrían que ir novela por novela porque esos no eran los únicos libros ni los únicos novelistas contemporáneos que se regodeaban en la violencia contra las mujeres. *Pero Lina*, se aventuró a titubear a continuación, *sería completamente impracticable hacer eso, no terminaríamos nunca. Sería mejor encontrar una premisa ética que nos permita problematizar el entramado de la violencia sin cargarnos la literatura de todos los tiempos. Y creo que la Divina Garza ya lo pensó por nosotras. Como bien sabes, su hermana fue asfixiada a los veinte años por el eternizado novio al que acababa de dejar. Como sabes, la xola mexi-*

ca de orejas en punta se planteó por años cómo acercarse a ese femicidio que por décadas no tuvo un nombre apropiado, un lenguaje que se correspondiera con el crimen, una ley que le hiciera justicia. Cómo abordar el femicidio sin volver a despertarlo en la página. Hasta que comprendió, sensible y luminosa como es, que debía «concentrar el relato en la vida vivida de su hermana» en vez de volverla una «víctima sin historia, sin iniciativa». Y acaso ahí haya un modelo que «no desactive la potencia política de la escritura». Yo empiezo a encontrar novelas que trabajan esa premisa. ¿Leíste Feral de la joven Jáuregui?*

Vio que la quiltra negaba despacio con la cabeza, no sabía quién era pero quiso saber, inquiriendo con un hilo de voz, si ese era su apellido.

Es su apellido, creo, dijo Luna desconcertada. *¿Por qué esa pregunta?*

Jáuregui empieza como jauría.

Tienes razón…, dijo Luna incomodada por el desvío que tomaba la conversación. *Si me permites, Lina, lo que estaba tratando de decirte es que, en* Feral, *la Jáuregui usa la voz colectiva de unas perras postapocalípticas para enmarcar el relato del declive humano tras la extinción de las mujeres. Esas perras guardan un archivo, colectan las historias singulares de cada ser humano, pero no para imitarlos, porque ese mundo caduco ya desapareció. Ellas han aprendido a ser, si lo recuerdo bien, «otra cosa que humana». Archivan perrunamente para poseer un pasado que no les daba voz, para controlar la historia. No sé si eso es exactamente lo que pretende Jáuregui, es mi interpretación. Pero volviendo a lo que te decía, esta es una novela conmovedora y bellísima que dignifica eso que la Divina reclama, la vida vivida de la muerta y el afecto y el dolor de sus amigas sin otorgarle protagonismo, sin darle ni una sola palabra, a su asesino.*

Y si me permites, quiero agregar algo más, dijo Luna sin esperar respuesta de la desvaída Lina. *Si el perriarcado dictó y el perramen transcribió y nosotras hemos leído e incorporado sus normas hasta la médula, a nosotras nos toca desescribirlas. Y para desescribir hay que entender cómo está escrito*, propuso Luna siguiendo una idea de la citada Sanz. *Debemos «aprender a releer los relatos de los machos con los que nuestra mirada y nuestra voz ha sido alfabetizada». No podemos renunciar a esos escritores «porque son parte de nuestra manera de entender el mundo».*

Yo estoy convencida de que no debemos solo leernos nosotras, como están haciendo tantas cachorras de las letras, y tantas de mis alumnas que no han leído a ningún macho y que de plano se niegan a abrir sus libros.

¿En serio?, Lina levantó la cabeza, rejuvenecida por la sorpresa.

Muy en serio. Y es por eso que estoy escribiendo un ensayo que se llamará Cómo leer al escritor macho.

¿En serio?

Qué pesada, Lina, ya dije que es muy en serio que te hablo.

Estoy atónita, gimió Lina. *¿Tú sabes lo que tardé yo en averiguar quiénes eran las novelistas que debía leer y dónde se conseguían sus libros? ¡Eran agujas en los pajares de mi perrera! ¡Alfileres perdidos en las librerías de mi país! Por eso siempre he insistido en que debemos leer a las escritoras, leerlas mucho, leerlas de cabo a rabo. Hacerles un lugar en nuestro tiempo de oficio y de disfrute, porque tenemos con ellas una deuda histórica. Pero desde luego que siempre manteniendo la guardia en alto, porque no por ser féminas sus escritos escapan a las trampas de las convenciones. Porque ser hembra no es garantía de nada, como querrían las mujeris-*

tas. Ninguna de nosotras está a salvo de caer en la trampa patriarcal...

Es por eso que no debemos borrarlos de las estanterías, asintió Luna, aliviada de que Lina se hubiera recuperado y que estuvieran de acuerdo en ese punto. *Si los borramos nunca entenderemos qué ideas nos han formado y deformado, contra qué ideas hemos tenido que forcejear, qué ideas nefastas siguen vigentes en el texto cultural... Borrarlos no solucionaría absolutamente nada.*

Qué cierto, Luna. Qué ganas de leer lo que escribirás sobre esto. Yo nomás digo que es fundamental leer atendiendo a las construcciones cruzadas de género, clase, raza, capacidad, edad y, por supuesto, especie.

Sí, sí, la lectura interseccional, pero te confieso que esa palabra me parece enorme y hasta un poco abstracta, Lina... ¿Cómo sería, en concreto, esa lectura, qué preguntas le formularías a los textos?

Buena pregunta... Y Lina levantó los ojos hacia la arboleda que, movida por una brisa llena de viento, estaba dejando caer sobre ellas las lentas hojas de un otoño incipiente. *Yo partiría por preguntarle a los textos por sus contextos de producción para entender cómo participaron en la construc-*

ción de la escala de valores de su época, porque los textos que cuestionaron esos valores tendieron a desaparecer. Ahí aplicaría estas palabras, esas realidades, qué se dice de las mujeres pobres y sus hombres, de las esclavas y los sirvientes, las niñas y las viejas, qué se dice de nosotras. Y aplicaría las mismas preguntas a las escrituras del presente, intentando descifrar las narrativas sociales en las que estamos inmersas. Y sondearía los derroteros de esos personajes, y en qué medida sus recorridos confirman los prejuicios de las épocas en las que esos libros se escribieron. Examinaría si confirman o cuestionan o contradicen las normas de su tiempo. Es decir, evaluaría las intervenciones culturales que esos textos se arriesgan a proponer. E intentaría distinguir entre lo que hace el texto y lo que dicen sus autores cuando hablan sobre sus escritos, porque, aunque los textos dialogan con su contexto, los sentidos del texto se disparan más allá de las intenciones. Hay mucho desvío que no se corresponde con la declarada ideología de quienes escriben.

Guau, rio Luna abriendo bien los ojos.

Se quedó viendo a Lina alargar la lengua hacia un charco y tomar unos sorbos de agua turbia.

¿Y qué más?, ladró Luna.

Tú dirás, ladró Lina, salpicando barro a su alrededor.

Aullar, ladró Luna metiéndose toda ella en el lodazal y pateando festiva el agua espesa. *Aullar y seguir aullando para asegurar que nos oigan*, aulló, poseída por el barro. *Que nuestro aullido no sea ingrávido, que no sea a la luna*, rio, majadera. *Que sea un rugido en esta tierra. Para que sepan que seguimos aquí, que seguiremos*, siguió, en el fervor de su arenga. *Ya no permitiremos que nos hagan desaparecer.*

Agradezco a las cánidas instigadoras de este escrito, mis queridas y admiradas Anna María Rodríguez y Vega Sánchez: ambas me invitaron, en una misma semana del 2022, a lo que sería una conferencia sobre la situación de las novelistas latinoamericanas y la violencia simbólica contra las mujeres. Esa incursión dio paso a otras inquietudes feministas que se me han vuelto inaplazables a partir de las observaciones y referencias aportadas por toda una ilustre jauría. Agradezco muy especialmente a la escritora Luna Miguel, quien me autorizó a usar su nombre y poner en «su» boca argumentos en principio míos y a continuación aportar preocupaciones propias que yo fui entreverando en mi escrito. Agradezco a Mario Hinojos, perrólogo mexicano que me aportó una multiplicidad de reflexiones sobre la representación de los canes y de su subordinación. Añado, en estos agradecimientos, a las críticas María José Bruña y Teresa López-Pellisa, quienes comentaron conmigo diversos aspectos del devenir de los feminismos contemporáneos. A la novelista Selva Almada, cruza selvática donde las haya, con quien discurrí sobre la diferencia, en magnitud y modo, entre femicidio y feminicidio. A la escritora Cristina Rivera Garza por su poderosa reflexión sobre esas violencias que la tocan tan de cerca. A la filósofa transfeminista Clara Serra quien me señaló los fallos del feminismo «radical». A la filósofa Marta Segarra y al crítico Gabriel Giorgi, por sus brillantes escritos humanimales. A mi vieja amiga, la crítica Velebita Koričančić, por interesarme en la «escritura animal» e interesarse en la mía. A mi no tan vieja amiga la ensayista Priya Basil, por sugerirme escritos zoológicos fundamentales. A la crítica Natalia Castro Picón, por alertarme del debate feminista en torno al perreo e iluminar para mí la tensionada práctica del diálogo. A los escritores Camilo del Valle Lattanzio, Sofía Balbuena, Catalina Mena, Nicolás Poblete, que integraron la canina comitiva de lectura crítica de estas páginas. A José del Valle, mi *can de palleiro*, que paró su atenta oreja ante mis disquisiciones lingüísticas sobre la perridad. Y aunque quedó tan a la cola de este largo listado, agradezco a mi querido editor, Albert Puigdueta, por interesarse en estos, mis gruñidos y venteos caninistas.